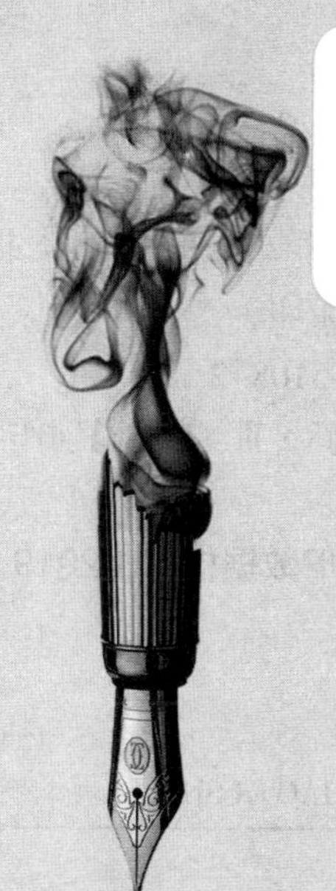

怎样写出一个好故事

方达文 著

華文出版社
SINO-CULTURE PRESS

图书在版编目（CIP）数据

怎样写出一个好故事 / 方达文著. -- 北京 : 华文出版社, 2019.6（2024.5重印）

ISBN 978-7-5075-5108-2

Ⅰ. ①怎… Ⅱ. ①方… Ⅲ. ①小说创作－研究 Ⅳ. ①I054

中国版本图书馆CIP数据核字（2019）第076869号

怎样写出一个好故事

ZENYANG XIECHU YIGE HAO GUSHI

著　　者：方达文
出版策划：陈红伟
责任编辑：周海璐
出版发行：华文出版社
社　　址：北京市西城区广外大街305号8区2号楼
邮政编码：100055
网　　址：http://www.hwcbs.cn
电　　话：总 编 室 010–58336239　　发 行 部 010–58336267　58336238
　　　　　责任编辑 010–58336256
经　　销：新华书店
印　　刷：三河市天润建兴印务有限公司
开　　本：880 × 1280　1/32
印　　张：7
字　　数：100千字
版　　次：2019年6月第1版
印　　次：2024年5月第2次印刷
书　　号：ISBN 978-7-5075-5108-2
定　　价：36.80元

目　录

contents

Part 7 情节的部署

Part 8 叙事的观点

Part 9 故事发生的“环境”

Part 10 风格和文体

Part 1

小说概述

在诗歌、小说、戏剧三大文学表现形式中，现以小说最为常见、流行。本书所谈创作，即以小说为限。人们研究小说的写作是距今不远的事。在19世纪以前，并没有人对小说做过完整有系统的研究。在大文豪福楼拜[①]的文集里，很难找到写小说创作的书，即使有也都是片段的、零星的。19世纪末，专门研究小说的著作才慢慢多了起来。

写戏剧比写小说难得多。但若从研究上的观点看，学习戏剧比学习小说方便得多了。戏剧是一门很严正的艺术，有许多确定的规律和评判的标准做根据；而小说则不然，小说虽也有许多规律和标准，但这些规律和标准多半是散漫的、宽泛的、不精确而富有弹性的。

---

① 福楼拜：法国著名作家，是西方现代小说的奠基者。代表作有《包法利夫人》《情感教育》等。

材料和写作

小说是最富有科学性质的一种文学形式。小说重在有充实和宝贵的材料。古今伟大有名的小说，在形式和技巧上仍有缺点，但作品能流行久远的原因全在于有宝贵充实的素材。小说家花费在搜集材料上的时间和精力，比他花费在写作上的时间和精力多得多。材料的来源无非有三种：一是小说家在实际生活中所获得的直接经验；二是作者由谈话或阅读中得来的间接知识；三是小说家自己的想象和创造。凡是伟大的作家，多半善于利用想象力来把直接和间接得来的材料加以改造。但如何培养敏锐的观察力，如何搜集和记录材料，在写作之前，如何使材料在脑海中起“智力的发酵”作用，却是小说研究中的重大课题。至于小说的实地写作，则尤其需要运用科学的方法：

如材料的整理、纲要的制作、反复的修正等。一个小说家为写成一部小说和一个科学家发明一件东西一样，需要长期的思考、经常的练习和坚强的意志力。一部长篇小说的诞生常要经过数年或十数年的时间，它决不像一首抒情诗，可以受灵感作用在数分钟内写成。因此，练习在小说写作上非常重要。观察的精密和写作的技巧多半从练习中得来。后进的作家多半先从模仿名家的作品入手，或以“准自传”为初期练习的体裁。研究小说的学者们更是制订出许多小说写作的程序，摸索出很多规律来。

人物描写

我们若把小说的内容解剖开来分析，其中只有三个因素：那就是人物、情节和布景。换言之，所谓小说，就是“某些人，在某种环境中，做某些事情”。人物彼此间的“谈话”是比较繁难而且重要的问题，学者们为使研究上更方便，常使之另成一方面和“人物”分开来研究。情节中叙事的“观点”，也是比较繁难而重要的，所以也被从“情节”中分出来，自成一个独立的项目。综合上面的五项，另外再加上“短篇小说”和“风格”，便成为小说研究中的七大课题。

“人物”中的第一个大问题是叙述的方法。作者可以主观地对人物加以说明，或者进而分析人物的心理，这叫分析的叙述法。作者也可以不直接对人物加以评述，而只利用人物本身的言语行动来显示人物的性格，这叫作戏剧的叙述法。但何时该用分析的叙述法，何时该用戏剧的叙述法，二者的优劣短长和详细的比较研究，这是“人物”研究中的一大问题。“人物”中第二个大问题是形象化。所谓形象化，简而言之，就是作者对其书中人物的性格、态度、习惯及意见等，必先了如指掌，宛然在目，然后才可落笔。但形象化的具体方法是什么？不完全形象化的根本原因何在？这也是“人物”中所要研究的重大问题。“人物”中第三个大问题是“特性”。小说家描写人物侧重特性，而特性可分为“个人特性”与“类型特性”两种。描写人物时须彼此兼顾，不可有所偏废。人物描写的失败不是由于形象化的不完全，就是由于“特性”的混乱。关于人物的其他问题还有人物的披露法、人物的对比和类集、人物的静止和发展、人物数目的极限、人物的命名等。在人物的描写中有一件事是出乎一般人意料之外的，那就是书中的人物有时会不受作者的控制。英国的大小说家萨克雷[①]说过：“我不能控制我的人物，我完全在他们的掌握中，他们要引我到哪里去就引我到哪里去。”这是因为作家将书中的人物完全形象化以后，书中人皆各自具有生命、意志与性格，同真实的人一样，故其言语行动皆各自有其动机而不受作者的约束。这实在是创造过程中的神秘事件。

---

① 萨克雷：英国作家，代表作为世界名著《名利场》。

人物的谈话

人物间彼此的谈话在人物描写上是很重要的。谈话的技巧能决定人物描写的成与败。这里所要注意的，是小说中并无空余的篇幅来插入无关紧要的谈话。小说中的谈话，凡一言一字都要有其特殊的功用。凡没有重要的功用的谈话都要尽量省略。过去研究小说的人将“谈话”归纳出许多不同的功用来，这对于后来的写作者来说实在是一种宝贵的参考资料。“谈话”上有个繁难的问题，那就是实际生活里的谈话和小说里的谈话二者之间相互的关系。实质上，小说里的谈话和现实生活里的谈话是完全不同的。现实生活里的谈话多半是散漫而不连贯的，其中不切实、太琐碎和无关紧要的成分太多了。小说里的谈话则完全相反。小说里的谈话是要精炼而扼要的。小说里没有许多篇幅足供记载无关主旨的闲谈。在理论上讲，小说里的谈话应该是一字不可增减的。这是二者在实质上的不同之处。若再就外在形式而言，小说里的谈话又应当和现实生活里的谈话十分相似。因此要使小说里的谈话更像真的谈话，则凡实际谈话中不整饬的情形，如破碎的文句、中断的语调、拖曳的口气等，在小说中都要尽量加以模仿和采用。这又是在外在形式上二者的相同之处。过去的许多学者，将这两种谈话的异同和彼此貌似实非的关系都加以详细分析和研究，并从而归纳出许多写作“谈话”的规律和方式。这对于后来从事小说写作的人都有莫大的帮助。

情节的布置

对于小说“情节”的看法，有两种不同的观念。一派人的意见，认为情节在小说中的地位是不重要的。他们的根据是：古今中外伟大的小说都侧重在人物的描写而忽视情节的布置。另一派人则称：小说既不是无连贯的事件，自然应该从头至尾有个缜密的计划。我个人的看法是这样：无论“情节”在小说中的影响是大是小，我们对它加以注意和研究总是有益无损的。一般来讲，为了研究上更方便，人们将情节分为简单的情节和复杂的情节、散漫的情节和有机体的情节、分析的情节和组合的情节等种类。关于情节的展开，可分为首、体、尾三部。“首”部所研究的是在情节开始时应用何种方法才能引起读者的兴趣。“体”部所研究的是如何利用延搁的手段来继续维持读者的兴趣。“尾”部所研究的是应用什么方法使读者对故事产生留恋或得到满足。情节的技术要素分为六段：一说明，二兴起，三错难，四极点，五降跌，六收场或大团圆。这种可以在方格纸上用关系表示出来的技术要素的起伏姿态，和戏剧中的技术段落是大致相同的。此外，关于情节中的“时间”问题，也颇值得一提。小说的篇幅，和它所叙事件的实际时间，其长短是毫无比例关系的。三十年、五十年的经历，在小说中也许只用三言两语就说完了。反之，一个三五分钟内所发生的事件，在小说里也许会费去数页或十多页的篇幅。这完全要依作者的选择来定。

布　景

布景的内容包括故事发生的时间和空间，以及现场景物和社会环境等。布景有许多固定的功用，不是可以随便抹杀的。描写景物的技巧也有研究的必要。固然，由于不断的练习，在知其当然不知其所以然的状态下，也可以获得相当的技巧，但总没有一边练习一边研究其所以然的原理和规律进步得快。布景研究的价值即在此。这里有几件值得特别一提的事：第一，记账式的记载不是描写。描写是把握住事物的特点，利用轻掠或冲击的方法来刺激读者的想象。第二，风景描写是描写类文章中最难的一种，原因是用文字不容易描绘出颜色和声音的特质。许多有经验的小说家都劝告初学者对于风景描写，如果没有十分的必要和把握，宁可避免也不要尝试。第三，天时和气候常被小说家们利用来衬托小说中的情节。第四，地方色彩在现代的小说中有日趋泛滥之势。

短篇小说

短篇小说在20世纪初曾经显赫一时，几乎有取长篇小说而代之的形势，虽然现在已经慢慢地衰沉下去了。学者们对于短篇小说所下的定义虽有六七种之多，但彼此都是大同小异。他们对于短篇小说和长篇小说所做的比较研究，尤其值得我们注意。若抽象地概括，如单一的事件、单一的印象、单一的效果、片段的生活、紧张的情绪、简洁的风格、喜剧的成分、集中和统一、印象主义、偏重想象、偏重情节等，都是短篇小说的特质。反之，如长篇小说里所要求的冷静、周密、广泛、客观、稳健、坚韧等条件，在短篇小说里却不是必需的。还有，短篇小说多半不避怪力乱神的事物，所以鬼怪小说在短篇作品里特别多见。总之，我们无论是从人物、谈话、情节、观点或布景上看，短篇小说写作的技巧和长篇小说写作的技巧显然有些不同的地方。不过我们可以这样概括地说一句：短篇小说的技巧很接近戏剧，所以情节的六项技术要素在短篇小说里特别重要。

风格和文体

最后，我们谈到风格。小说的材料构成小说的内容，小说的风格造就小说的形式。风格中包含两种要素：一种是可传达的，一种是不可传达的。可传达的要素是文辞的美，不可传达的要素是作家的人格。文辞的美是容易获得的。我们可以利用敏锐的观察来选择美的题材；我们也可以利用印象主义的写法来刺激读者的想象；我们还可以利用文字的音调、和谐、风头、力量和感动力等来构成优秀的文体。这都是可获得的。唯有作家的人格，是天赋予的，是与生俱来的，是不能获得的。因此，小说研究到这里，便进入另外一个领域，那就是要研究小说家本身。

小说家、读者、出版人

作品受小说家的限制，和小说家受时代的限制一样，是无法避免的。研究作品而忽略了作品背后的创造者，犹如批评作家而忘记了小说家的时代。小说家的思想，小说家的人生观，小说家的艺术目的，小说家的政治意见，小说家的实用学说，小说家的道德，小说家的情绪等，无疑地都要渗透在他的作品里面，并予其作品以莫大的影响。至于影响的方式怎样，影响的程度怎样，又是小说研究中的一大课题。此外，小说家成功的因素也是值得研究的。成功的关键有两个：一是天分，二是锻炼。二者缺一不可。成功的种类也有二种：一是艺术上的成功，二是经济上的成功。二者有时是一致的，有时是不一致的。凡受读者欢迎的作品，并不见得就是小说家自鸣得意的作品。有时小说家看在稿费的面上，不得不降低自己的艺术标准，以求迎合读者的心理。反之，阳春白雪，曲高和寡，小说家穷愁郁闷，常常愤怨世人不能欣赏他的艺术。这种例子也是比比皆是，至于经济、艺术同时成功的，那自然是艺术界的骄子。

人们读小说的动机虽说是多方面的，譬如有的人要在小说中寻求乐趣，有的人要在小说中求安慰，有的人要在小说中求知识和经验，有的要从小说中学习观察和批评，不论哪种动机，都有一个共同目的，那就是要从小说中领略人生的意味。而满足这个目的也正是小说的真正价值。

至此，我们不妨再提一下小说商业方面的情形。随着出版事业随其业务的发达而机构日益庞大，出现了图书代理商，他们替作家办理商业上的事物，为出版商选择文学上的优秀作品。其势力之大，影响之深，日甚一日。固然，代理商所怀的明星主义有时不免忽略了许多无名的作家，但某个小说家果真一旦露了头角，则其作品因受到有力的出版发行机构的支援，其行销之广，流传之速，就不是古代小说家所能想象的了。

Part 2

基本问题

小说的要素

（一）人物、情节、环境等。小说家将某些人在某种环境中所做的某些事情，展示给读者看，就成为小说。所以小说不论篇幅长短、内容优劣，其构成的要素都是一样的。人物、情节、叙事的观点、所处的环境、文章的风格、作品内含的人生哲学等，都是任何小说中不可缺少的构成要素。作家若把小说的趣味集中在某一个要素上，那是可以的。譬如，作家在他的小说中可以特别着重人物描写，或特别着重故事轨迹的演变。前者就叫作人物小说，后者就叫作情节小说。又比如华盛顿·欧文[①]的《见闻札记》，无论在人物或情节方面都没有

① 华盛顿·欧文：19世纪美国最知名的作家，其短篇小说集《见闻札记》出版后受到欧洲和美国文学的广泛关注。

什么惊人的地方，但是文体很优美，因此被称作风格小说。但作家如果能同时充分利用小说的各种要素，如除了创作出栩栩如生的人物之外，还能构成奇巧的情节，绘出明确有特征的环境，设计出优美的文体等，那自然更能增加读者的兴趣了。

（二）人物小说。以人物描写为中心的小说叫作人物小说。古今中外有名的小说多半属于这一类型。在这种小说里，人物是本位，故事是附属于人物的。各种故事之所以发生，是因为有了一些如此这般的人。作家写人物小说时，其主要目的也是要解决人物的情绪和意志问题，至于书中的最后结局如何，他是不大关心的。书中人物所表现出来的行为，可能是积极的，也可能是消极的。积极行为的表现，是由于人物想改变他的环境；消极行为的表现，是由于受到外来环境的压迫而采取了行动。这种外来的非常环境是书中人物不能自己掌控的。

（三）情节小说。以情节的趣味为中心的小说叫作情节小说。在这类小说里，作者只注意故事的演变和发展，对于人物只不过提供一个大概的观念，对于景物和环境也不过绘出一个空泛的印象而已。像侦探小说、探险小说、欧洲的侠盗小说、中国的剑仙侠客小说，都是属于这一类型。在这类小说里，情节的布置和事件的连续性都很引人入胜，但对人物性格和内心的刻画常常被忽视。因为作者心目中是先有了故事，然后才创造出人物来串联故事的发展，所以这些被造出来的人物在读者眼中不容易显得生动逼真，甚至会成为用纸剪成的傀儡。近代情节小说的缺点并非过分重视“事件”这个要素，而是太忽略人物方面的趣味。

小说和戏剧的发展史都充分地向我们证明，凡能长久吸引读者和观众注意的人物，都是表现在其行为中的性格。没有理智及热情的生活，和没有举动的人物一样，都不能引起读者和观众的极大兴趣。

小说的效用

（一）小说的题材。小说以人生为题材，因此其范围广大、类别繁多。总的来说，小说的内容大致包括下面这些论题：

1. 社会学和历史。

2. 社会的结合体，如家庭、社团、国度、种族、社会阶级、文化集团等。

3. 社会生活，如家庭生活、事业生活、政治生活、宗教生活、一般的文化生活等。

4. 人类的性格。

5. 不可思议的事，如神鬼怪异之谈。

6. 普通的哲学问题。

（二）小说的主旨。小说创作应该不应该含有一个目的？

这是文学上一个大问题。唯美派的人士认为艺术的主旨就在表现“美”，此外不应该含有其他目的。他们认为：如果艺术家利用艺术的力量来煽动民众，改变社会，那只是一种变相的宣传家，而不是真正的艺术家。这派人士主张“为艺术而艺术”，其立论虽有其片面的理由，但使艺术远离了人生，未免是“独登象牙之塔，不到十字街口”，总难合乎一般大众的需要。就普通的观念而言，艺术和其他学术一样，应该为人类服务。也就是说，小说创作应在艺术性之外含有其他实用目的。不过我们所要注意的是：小说的主旨切忌肤浅狭隘，而应深远广大，这样才能成为不朽的名著。如果作家只迎合一时的风格和潮流，那只是“一时一季之作”，其作品在当时或有一定影响，而一旦时过境迁，即无人再愿加以回顾。这种作品和社会上流行一时的小册子是要归于同一命运的。

（三）小说里的真理。灌输知识的文学贵在正确；激发情绪的文学贵在功效。生活里的事实和小说里的事实虽不一样，但人生的真谛和小说里的真理是大略相同的。生活关乎现实；

小说则关乎同现实的相似性。西方有句名言："历史里除了人名和日期外都是假的。小说里除了人名和日期外都是真的。"小说里的情节虽不是生活里的事实，但这些情节都合乎人生的原理、人类的热情和世间男男女女的各种动机和行为。这些原理、热情、动机和行为等都是人类生活最基本的力量，而这种基本的力量常能历经久远的时代而流传下来。我们现在把千百年前的伟大作品拿起来阅读时，仍旧会觉得它新颖有趣，就是这个缘故。反之，假如作家对于这种人类生活里的基本力量不能保持忠实的态度，他的作品一定会暴露出很大的缺陷。

（四）小说里的可能性。科普知识的记叙类文章注重正确性，刺激想象的艺术则注重理想的或然性和可能性。小说的情节虽可虚构，但情节里所蕴含的人生意味应该是十分真实的。换言之，小说中的故事，应该是我们心中认为会发生的事。当别人阅读这个故事时，必须能觉得这个故事就好像是真的。小说家可以有极大的自由来处置他所选取的题材，他可以把他搜得的材料用新颖、出奇的方法来整理、组织和搭配，他甚至可以全然地创造和发明，但是他对于故事的可能性和或然性必须始终保全，不可漏失或遗忘。

小说的类别

小说的分类法有四种。

第一种分类法：1. 人物小说。2. 情节小说。3. 景物小说。4. 思想小说。5. 情绪小说。

第二种分类法：1. 历史的传奇。2. 神秘幻象小说。3. 人物习俗小说。4. 反抗性和规避性的小说。5. 奇想滑稽小说。

第三种分类法：1. 写实小说：这种小说把人生的实际情况描写出来，不加评论，也没有意在言外的哲学。情节和人物间的相互作用是无关紧要的。2. 习俗小说：这类小说描写生活上的习俗或某种团体的社会特性。故事里的情节和人性的发展都不重要。3. 事件小说：这类小说偏重于特殊的事件，所以故事的结构和发展都是十分重要的。4. 浪漫主义小说：这种小说述及人类的基本性格和情绪，如热情、憎恨、勇敢、妒忌、义愤、复仇以及暴乱的场面等。5. 戏剧小说：在这种小说里，人物的性格表现在行为中，所以人物和情节是交互影响着的。

第四种分类法：1. 写实小说。2. 浪漫主义小说。这两种小说有值得我们详细讨论的必要。

写实小说是要把生活里的各种事物的实际状况描写出来。艺术虽然忌讳平凡，而写实小说并不规避平凡的事物；艺术的目的虽然是使人愉快，而写实小说也不规避丑恶的、令人不愉快的事物。作者想象之光所照见的目标物和事件都是物质世界的实际状况。写实主义把读者熟悉的和身边的事物用艺术的手法表现出来，比较容易获得读者的欢心。只要内中含有理想的因素，当然不失为一种高尚的艺术。不过写实派要多讲求技术，因为他的故事都是述及平常的事，不容易激起读者的兴趣。关于写实主义的一般通俗观念有七个：（1）摹写实际的事物。（2）审慎选择平凡的事件。（3）不避可厌的事物。（4）不受因果的惯例所束缚。（5）不重空想。（6）反理想主义。（7）反感伤主义。

近代的写实主义给小说开了一个新园地，为小说创造了一种新技术，这不能不说是近代文学上的伟大收获。但写实主义也是有其界限的。写实主义采用了科学的目的，借用了科学的方法，内中包含着一种“科学的真理”和“诗的真理”的冲突。写实派可能是纯粹的物质主义者，他们只看见社会生活的丑恶面和黑暗面，所以对于现实生活不停地反抗。客观的批评家总认为：人类的生活要用不同的眼光来看，要从不同的角度来观察，然后才能反映出圆满无缺的生活。他们认为写实主义的缺点有四个：（1）缺乏同情心。（2）事实不够充分。（3）除技术外无别物。（4）过于赤裸裸地暴露一切。

浪漫主义小说常述及时间遥远的境地、惊心动魄的事件、高贵有热情的人物。其中精神的因素凌驾于物质的因素之上，而且故事的进展迅速，颇具有戏剧的形式。浪漫主义小说是一种规避现实的文学。它能使读者逃出生活的纷扰、烦厌和劳伤。不过它常常流于“放纵”，缺乏诗意。真正的浪漫主义作家如大仲马[①]，是没有技术的。他文体的活力完全依靠他的想象力、创造力和叙述故事的热情。浪漫作家只要将他异想天开的故事写出来供我们娱乐就够了。浪漫主义小说里大概是不会缺乏理想主义的，因为只要小说家对于现实生活不满意，他就会梦想非现实的事物，用他的艺术来创造一个想象的世界。一般来讲，浪漫的氛围，其特点有三：（1）时间的遥远。（2）景物的奇特。（3）汹涌澎湃的热情。

① 大仲马：法国浪漫主义作家。他的小说大都以真实的历史作为背景，情节生动曲折，有历史惊险小说之称，著有《基督山伯爵》《三个火枪手》等。

小说的趋势

夏洛蒂·勃朗特[①]曾经很精确地说过：“小说的发达经过四个阶段：最初是不可能的故事，其后是不见得有的故事，再往后是或者可以有的故事，最后是不可避免的故事。”这实在是一个便于我们记忆的公式。不过同时我们也要晓得，小说还有一种和这相反的倾向，那就是返回于原始的形态。威尔斯[②]说：“近代的小说已经改变了最初的形式，它已经变得短一

① 夏洛蒂·勃朗特：英国著名女作家，著有《简·爱》。她与两个妹妹艾米莉·勃朗特和安妮·勃朗特，在文学史上被称为“勃朗特三姐妹”，都是著名作家。

② 威尔斯：英国著名小说家，他创作的科幻小说对该领域影响深远，1895年出版《时间机器》后一举成名，随后又发表了《隐身人》《星际战争》等多部科幻小说。

点，变得较为匀称，较为直接。书中的人物数量也变得较少，不过样式反而较多了，这和维多利亚时代的小说相比已经不同了。”在近代的社会里，因为政治、经济的变乱太多了，致使许多作家没有余暇从事文学创作。一个组织最密的社会固然有规律有秩序，但对于天才的艺术创作具有极大抹杀性。近代生活已经失去了古代生活的奇诡变化，人类的性格日趋内隐，我们已经失去了真正“浪漫的”意义。而且上自苍穹，下达黄泉，所有类型的题材都已经被前人描写过了。

也就是说，近代作家在题材的选择上比前人更多一层困难，这是毋庸置疑的。固然有人这样说：“艺术的题材和物理的‘能’一样，常常在变化，但是不会枯竭。”不过从事实上看，文坛上的成名杰作多半是作家的早期作品。这就是因为作家晚年所用的小说材料已经不如过去的纯真切实了。

小说和其他科学的关系

小说和科学都以人作为研究的对象。科学家要从人的各方面的关系上去认识人。艺术家则要透过了解美的观点去了解人。科学对于小说的裨益有两点：1．科学扩大了小说题材的范围，它告诉我们世间所有事物的重要性。前人所幻想以外的生活和现象，对于近代的小说家都带来了充分的兴趣和提示力。2．科学供给了观察事物的新方法。小说材料的范围既是如此广博，若不加以审慎的观察和分析必不足以发现可用的材料。近代科学所教给我们的正确的观察力和精密的分析力，不但改变了小说的结构，而且其影响力在各种艺术形式上也都有所反映。这是科学对于小说的第二个贡献。科学对于小说也有一个弊处，那就是科学的机械性剥夺了小说艺术的自然性。凡过分依赖科学的作家常不能自由控制和再塑他的材料，其结果，作家不是艺术的仆人，倒成为艺术的主人了。归结起来说，小说和科学接触了以后，最终结果是益大于弊，还是弊大于利，很难下结论。

（一）小说和诗歌。小说和诗歌采用共同的材料，这是二者的相同之处。小说家和诗人都是对人发生兴趣的，他们所注意的对象都是人。小说家和诗人也同时都是思想家，因为他们都要从许多有特质的实例上归纳出一种原理。小说家和诗人都要选择清晰的、优美的、有力的词语来表达他们的观念和情绪。不同点是小说家选取材料的范围较大，诗人选取材料的范围较小。诗人所用的材料，多半是使我们情绪紧张的一些影像。小说家选用的材料则较为自由、冷静。小说家可以经常运用日常观察所得的材料。因此，小说家可以称得上是一位研究人类性格的历史学家。还有一层不同点，小说和诗歌所用以发表思想的工具也不同。诗人会使用比喻的修辞，用节奏，用韵脚；小说里偶然也有些抒情的章节，但并不是正常的情调。

司各特[①]在年轻时是诗人，但到年老时就变为小说家了。他不仅是厌倦了和诗人拜伦的竞争，而且他也变得更伟大，更镇静，更聪明，与人性中持久的真理更为接近，当然他也失去了一些别的东西。

（二）小说和戏剧。戏剧区别于小说者有三点：1．戏剧要受演员的影响。2．戏剧要受舞台的影响。3．戏剧要受观众的影响。戏剧和小说虽由相同的题材组成，但戏剧却不是纯粹的文学。戏剧是一种复合的艺术，是由文学的因素、舞台的布景、历史的解说等组织、融合在一块的。小说是不依靠其他艺术的。它好像是一座“袖里舞台”，自身里面不但含有情节和演员，而且也含有服装、布景，以及其他一切戏剧表现上所有的辅助物。小说完全不受舞台情况的影响和限制，它能够很自由地展开情节，那种广阔和伸缩性是戏剧所做不到的。假如说戏剧是一种最泼辣的艺术形式，那么小说就是一种最松弛的艺

① 司各特：英国著名历史小说家、诗人。代表作品有《艾凡赫》《惊婚记》《红酋罗伯》等。

术形式了。小说以叙述代替扮演，自然是失去了一部分现实性和逼真性，但是它的优点已经把它的缺点充分地补足了。小说所传达到的民众比戏剧所吸引的民众，范围要广大得多，而且它所引起的情绪活动较戏剧更能持久。在这复杂多变的社会里，小说能够超越戏剧，在文坛上成为一种主要的文学形式，不是没有理由的。

（三）外部动作。外部动作对于戏剧是很重要的。小说里的人物行动虽然有时也借着文字的提示去表现，但这不是绝对必需的。小说的作者能够用自己的话来叙述书中人物的行动，不一定要把他们的动作都具体化供读者看。作者有时用一点心理状态的描绘也可以引起读者深切的好奇心。但是在戏剧里，人物的一举一动都要借助舞台上有形、可见的动作来显露。

（四）硬性的艺术。写戏剧剧本是一种硬性的工作。在技术上若未经过长期辛苦的训练和学习，对舞台如果没有充分的知识和经验，写戏剧是不会成功的。反之，小说的写作则是软性的。写得好固然不容易，可是只要有纸笔、时间和耐心，似乎任何人都可以写出一点来。另外，从戏剧里可以归纳出一些确定的规律和评判的标准，从小说里则不容易做到这一层。小说可以说是最富有弹性、最不规则的一种文学形式。

（五）技术的区别。在技术上看，一篇戏剧可以分成六个段落：一说明，二兴起，三错杂，四高潮，五降跌，六收场或大团圆。小说里的技术段落没有戏剧里的那样明显，但大致也可以看得出来。小说里的“说明”部分比戏剧里的“说明”部分要审慎要精确。“兴起”部分在小说里比较平缓，但也能跟前后的技术段落区别开来。而在戏剧里这一阶段不仅是内容在加速地行进，而且更为热情，更为猛烈，情节也更为复杂，在小说里这一阶段也许只是人物的缓慢演变。不过优秀的小说和优秀的戏剧一样，人物的内在性格和外部行动要同时进展，意志和心理状态的变化，也用有形显著的场面表现出来。关于“高潮”的运用，小说在方法上比戏剧有更大的自由。

（六）小说的优点。1. 小说在心理描写上表现得更为细腻。2. 自然界的现象，如风云、雷雨、海潮等，用小说来表现可以更为有力。3．不仅仅是用行动来表现人物的性格时，只有小说能够做得更全面。4．我们所生活居住的这个花花世界，纷繁复杂，气象万千，戏剧因受了舞台和演员的限制，不能全部加以表现；只有在小说里，作家用文字的力量，才能将人、物、景、事，一一展现给我们。5．在小说里，作家对书中的人物，以及对人物的各种行为，可以自由地加以评论。

（七）戏剧的优点。戏剧有舞台上的布景为助，较易唤起观众的想象力。观众看了舞台上真人的动作，常以为自己是身在剧中。小说里的事物是用文字描写出来的，所以不容易在读者脑海中具体化和形象化。读者在读小说时，不大会感受到身临其境。

Part 3

材料的搜集法

材料的重要性

（一）内容和形式。小说的内容比形式更为重要。小说的真正伟大之处即在于其内容有真实的价值。人生在世，一般所最关切的莫过于悲欢离合、奋斗成败等事。小说家如能从这些事情上找材料，自然能够受到大众的欢迎。当然，有了材料以后，还要有适当的处理方法。材料处理得成功是由两个因素来决定的：一个是纯熟的技巧，一个是天赋的才能。但假如作家对于人生的知识储备不充分，不能搜集有真实价值的材料，则虽有纯熟的技巧和天赋的才能，也难免被浪费或归于无用。

（二）材料和技巧。小说的内容因能决定小说的价值，所以小说的材料比技巧更为重要。古今著名的小说，之所以能广泛而长久地流传，多半是因为有宝贵充实的材料。有些书籍，无论是在文体上还是在结构上可能都有很大的缺点，但仍不失为世界文学的名著。司各特是伟大的历史小说家，被誉为“欧洲历史小说之父”，但是他的文体之乱是大家所公认的。

萨克雷被公认为是欧洲最伟大的小说家之一，但是他的小说多半都在结构上有缺陷。反之，单以技巧著称的小说也并不是绝对没有的。像《傲慢与偏见》的作者简·奥斯汀，常能把很微细的事情写得很艺术化。恰好和她相反的就是艾略特[①]。至于爱伦·坡[②]和莫泊桑[③]，更是以他们的技巧而出名。斯蒂芬·茨威格[④]的写作技巧也很好，他所写的小说，其故事进展的速度都很快，而文体也非常流畅生动。华盛顿·欧文的小说

---

① 艾略特：英国女作家，被誉为英国史上最伟大的小说家之一，代表作品有《亚当·比德》《弗洛斯河上的磨坊》。

② 爱伦·坡：19世纪美国诗人、小说家和文学评论家，代表作品有《黑猫》《厄舍府的倒塌》《乌鸦》等。

③ 莫泊桑：19世纪法国著名小说家，与俄国契诃夫和美国欧·亨利并称为“世界三大短篇小说巨匠”。代表作品有《项链》《漂亮朋友》等。

④ 斯蒂芬·茨威格：奥地利小说家、剧作家。代表作品有《一个陌生女人的来信》《心灵的焦灼》《昨日的世界》等。

实在是没有什么充实的内容，不过他的文章写得特别好。他的文体最优雅，柔美而有魔力。所以有人说：奥斯汀是以描写细腻出名的；斯蒂芬·茨威格是以文体流畅出名的；爱伦·坡则专攻设计，所以被誉为侦探小说的鼻祖。至于在材料、结构、文体方面都好的小说，在古今中外实在是很少的。

（三）材料和灵感。小说的内容是人生，凡世上的一切事情，几乎都有成为小说材料的可能性。材料的来源有时非常宽广，甚至出乎一般人意料之外。作家在执笔写作前，必须搜集大量的材料，才能供应其写作使用。在各种文学形式中，没有比小说所需要的材料再多的了。作家在写小说时，所谓灵感不过是瞬间产生的富有创造性的突发思维。但写成一部长篇小说，动辄需要数年或十几年的时间，如想要像写抒情诗那样，利用一时的灵感作用，来把一部长篇小说一气呵成，那简直是门外汉的梦了。

材料的搜集

（一）观察和搜集。立志做小说家的人，在写作前，必事先搜集大量的材料，以供日后写作之用。材料不能在迫切需要时才想到去采取搜集，搜集材料是一种经常性的工作，应当随时随地留意搜集，不可“平日不烧香，临时抱佛脚”。小说的题目也应当从经常搜集材料的过程中自然而然地产生，绝不能“心血来潮”，或“灵机一动”，凭空跳出一个要写的题目来。小说的材料是无处不在的。无论你住在什么地方，无论你的环境怎样，你都能搜集到小说的材料。也许你只是在一个工厂里做工，也许你只是住在一个公寓或旅馆里，只要你受过观察上的训练的话，你一定能从日常生活中挑选出写作时所需用的材料。养成敏锐的观察力和感觉力实在是写作的先决条件。

只要你善于沉思，无论是什么事（不管是重大的或琐碎的）都可以有艺术上的意味和价值。小说家的耳目必须常常洞开着，以便尽量地多吸收他所见所闻的一切。同时小说家不能单独依赖他的记忆力，他最好是随身携带一本小小的笔记簿，无论走到哪里，都要竖起耳朵，睁开眼睛，留心观察。当遇到一处景物，一种思想，一件事情，一副特别的面孔，一套奇怪的服装……就立刻记入笔记簿里，以防他日应用时遗忘。

（二）智力的发酵。搜集适当的材料，固然是小说家第一步要做的工作，但搜集的材料并不限于立刻就要使用，储藏在脑海中暂时不用也是无妨的。储藏小说的材料就像储藏美酒一样，时间越长越好。因为搜集的材料在脑海中可以起到智力的发酵作用，使生硬的原料慢慢地变成精练的器材。脑海好比是一个锅炉，材料在脑海中可以徐徐地被煮沸。于是有一天，那材料会突破它的藩篱而变成灵感的火山。这时才是小说的真正开端，之前的思考只不过是初步的准备而已。

直接材料的来源

（一）现实生活。小说的材料当以现实生活为根据。歌德[①]说："好的作品只有在恬静和孤独的环境中才能够写得出。"这话固然很有道理，但如果要想搜集直接的小说材料，则必须在现实生活中求经验。有些经验不是非常丰富的作家认为小说只是纯粹想象的产物，这是一种错误的观念。小说是现实生活的反映——小说家用稀有的聪明和直觉，通过文字对生活加以评论和解释。因此，小说的材料多半附着于现实生活。只有积累和表现这种生活，只有从这种生活中加以艺术性的选择，才会有想象的意味。现实生活能够给小说家提供布景、描写和会话的材料。很明显，小说家足不出户，也可以搜集到小

① 歌德：德国著名作家，著有《少年维特之烦恼》《浮士德》等。

说的材料。只要他在他的记忆中用心搜索，他总可以得到一点可以启发他想象的东西。

小说家并不怕材料太多。假如他一下子用不了自己所搜集的一切材料，则可以暂时搁置，留待以后创作时用。反之，如果材料欠缺，作品内容的饱满度就要受到严重的打击了。同时，小说所选材料抓取的应是具有典型意义的事件，而非仅仅是夸张的或奇特的事件。一个真实的故事不一定就是好的小说材料，完全照搬生活并不见得就能真正表现生活。

小说中事件的次第和关联与现实生活中事件的次第和关联是不相同的。现实生活里的事件不能成为一个众人公认的典型的标本。此外，艺术作品必须还要能引发读者情绪上的变化，因为艺术是在传达人的感受的。所以，要想测定小说的成效，就要看它所引起的读者情绪上的反应如何。

（二）亲身经历。小说家的亲身经历，自然会成为他小说的材料。但这不意味着小说家会将自身的经历丝毫不改地直接抄录下来。你学写小说时可以将你的经历酌量加以增减或改变，使其适合于小说的用途。你所经历的事情也许是彼此前后毫无关联的，但可以利用想象把它们联结起来。以同样方法，你还可以把现实生活里好几个人物的性格合拼成为小说中一个人物的性格。至于作者本身在小说中的地位，也许是完全隐藏起来的，也许是稍加隐藏的，也许是完全不加隐藏的。不过我们要知道：对于世间仅有广泛的经验还不够，重要的是对于人世要有深刻的经验。一个作家遇见过的人多，游历过的地方多，这都不能说明他一定就有很多的小说材料。他必须会用眼睛去觉察，要选择，要花费心思去回想他所遇见过的人物和事件，才能有搜得材料的机会。经验最多不过供给一点提示，并不能供给一切细枝末节。当然，忠实于自己的经验是很要紧的。凡是自己不熟悉的事物，最好不要尝试去写。小说家写的事物常以他自己和社会接触的范围为限。小说家如果能够忠实地写出他的所知和所感，他至少能写出一部动人的小说来。但可惜的是，想当小说家的人很多不走这条路。他们都喜欢抄袭其他小说中的材料，来构成自己的小说，而不以本身的经验为小说的底本，结果往往铸成大错。

间接材料的来源

（一）间接的源泉。要想获得丰富的社会知识、阅历，除了直接去亲身经历外，自然也还有别的好方法。譬如阅读和谈话就是获得社会知识的间接方法。由别人谈话中听得的信息，从书报杂志上读来的文章，都是小说的间接材料。历史小说的材料来源，多半出自传闻和典籍；而近代的报刊是社会写实小说的材料来源之一。许多有名的小说都是作者从报纸新闻上受了启发而产生出来的。报上的材料即使不能当作情节的底本或对人性的描绘，但作为小说里次要的辅助材料是不成问题的。总之，小说构造的成功在于两个方面：（1）对于世事要有多方面的经验，对于人生要有充分和彻底的认识。（2）要有实际的想象力，能将各种经验和认识串联起来。这两种条件缺一不可，单有第一种是不够的。世上阅历深广的人并不少，但不见得都能写小说；必须同时具备第二个条件，才能把各种间接得来的材料串联起来，成为动人的故事。

（二）留心观察。要想会描写，需先学会观察。一个马车夫跳上他的驾驶座时是什么姿势？一个煤矿工人，当他挖起煤来，口里叫一声“嘿”时嘴形是怎样的？早春时候的树木和盛夏时候的树木有什么不同？当一个男子掩蔽他内心的妒忌时，眼神是什么样子？当一个怀春的少女掩蔽她内心对爱情的渴慕时，是什么神态？用洞察的眼光观察，用同理的心绪想象，这都是小说家进行创作必备的素质。吉卜林[①]最喜欢发问；斯蒂芬·茨威格对一切事情都有兴趣。你若有志于写小说，确实应当养成一种对一切事情都关心的习惯。你应当自己训练自己，使自己对于一切事情都不厌倦。对于走进你的视野内的一切事物，

① 吉卜林：英国小说家、诗人。1907年凭借作品《基姆》获得诺贝尔文学奖。

都应当用好奇的目光和同理心去察看。而且你要记住：同理心是比好奇心更为深刻的一种能力。用这种练习观察的方法，你可以捕捉到人生的某种真理，而这种真理可以作为小说的材料。

（三）养成注意力。如果你能够经常练习观察，到后来观察会慢慢变成很容易的事情，甚至它能变成一种天性，你甚至会不由自主地就想去观察些事物。有时候一句闲谈能引发出一个长篇故事。也有时候，一件细微的事情能激发出一连串思想，而这串思想和原始的事件也许是毫无关系的。于是，从观察人物外在的行为开始，你可以慢慢地转向研究内省的工作——研究人物的气质和个性。过了一个时期以后，你就知道怎样去将人的行为和性格联系起来，怎样去测定事件的前因后果。你还可以知道怎样去区分性格的类型，怎样去查出性格的矛盾和混乱。于是从观察现实生活里的人物开始，你可以慢慢学会塑造你想象中人物的特性。等到你能够深入每个想象中的人物的内心里去，你就可以把你观察来的材料拿来串联和运用，以便构成精巧的小说。

（四）想象和创造。比观察更为重要的是想象和创造。小说家若能把想象和创造的力量加在他搜集的材料上，他的成就一定是可观的。想象是经验、思想和情绪的合成。字典对“想象”所下的定义是：凡不是由感官动作所直接产生的对象，要想呈现到意识上来，必须借助另外一种力量或艺术，这种力量或艺术就叫作想象。伟大的小说家绝不将他观察所得的材料直接写进小说里去。愈是纯正和伟大的艺术家，想象力在他的作品上和材料上所发挥的作用也愈大。我们知道，小说家在写作时都喜欢把见闻所得的材料多少加以改变。人物描写的基础有一部分本来是存放于作者本身的认知里的。作者在描写人物时能设身处地为书中人设想，这样才能使描写足够深刻。具体言之，作者需先假设他自己就是书中的某人，处在某种环境中，然后再设想他自己将发何言语，做何举动。假如作者连这种最基本的想象力都没有，那他的写作是不会成功的。

Part 4

写作的技巧

写作上的一般问题

（一）技术的重要性。无论中外，基本上古代的小说写作都是作家的业余爱好，而现代的小说写作多半是职业性的。中国古典的小说像《红楼梦》《三国演义》《水浒传》等作品的作者，都不是靠写小说吃饭的。他们不过是心里有好多话想说出来，想借小说写出他们的见解和抱负。现代的小说家就不同了，现代的小说写作也已经日趋专门化、职业化。除了少数情况外，现代的小说写作不但是作者的兴趣，同时也是作者的职业。作者以写小说为其终生的事业，同时也就靠出卖其所写的小说来混饭吃。因此，小说写作的技术就渐渐被人重视起来了。小说家在写作的技术上如果没有相当的功底，则成功的机会一定很小。在20世纪以前，一个业余的作家还可以将其作品拿去出版或在报章杂志上陆续发表，但现在这种可能性已经很小。现在的作品如果在技巧上没有可取之处，是很难被出版人接受的。

（二）实地工作。小说不是单由空泛的想象、希望和要求就能产生的。小说的产生要先有大量的材料，再加以长期的思考，最后还要有长年累月的笔耕不辍。有了充分的积累后，你在落笔之前所没有想到的许多奇特而曲折的情节、精巧的结构，有时会在落笔之后源源不断地在摇动的笔尖下流出。单靠空想写作是无用的，你应该随时随地握笔去写。凡懒惰的人，或不能吃苦的人，都没有成为小说家的希望。

（三）写作的癖性。很多作家在写作时都有些与人不同的癖性。譬如说，会抽烟的作家在握笔时可能要把自己关在一个黑屋子里，不但怕见人，而且怕见光亮。康德用心思考的时候一定要用眼睛注视着离家不远的一座古塔，他如果不注视着那座古塔，他就无法理清思路、下笔成章。艾略特写作的时候对于她身边周围的事物特别敏感。霍桑[①]写作的时候常喜欢用小刀子刻东西。易卜生的书桌上总是放着一个大盘，盘中盛些奇形怪状的小玩具。他一边握笔写作，一边就用手玩弄着他的怪玩具。如果谁将他的盘子拿去，他就写不出文章来了。

（四）创作的年龄。作家写作的年龄也是常常被人讨论的一件事。威尔斯坚决地主张：人一定要在成年以后才可以从事于小说的写作。他认为："如果是写点浅显的或想象的事物，一位二三十岁的人也许不会劣于四五十岁的人。像是浪漫的、荒诞的、理想的故事，甚至于社会小说的一部分，一位年轻的人也许还比年长的人写得好一点。但若要把人生观察得很清晰、很周密、很完整，若把人生表现得很公正、很细腻、很平衡，那就非年长的人做不到。"大多数成功的小说家差不多都是到了三十岁才有了写作的行动。其实人的实际年龄与写作年龄的关系并不大。我们所要注意的倒是作家写作的热情和兴

① 霍桑：美国小说家，是第一个写短篇小说的美国作家，被誉为美国19世纪最伟大的浪漫主义小说家。

致。一些辛勤的作家，即使到了垂暮之年，也有勇气坐下去写一部新的小说。彼时他们的兴致和热情并不亚于其二十岁时所有的。创作的诱惑力并没有因为年老而离开了他们。

（五）写作的速度。写作的速度随作家而不同，同时也受题材影响。一般来说，像探险类的小说是写得越快越好，而且在一气呵成之后，最好不要再加以很大的修改。因为在这种小说里，我们所重视的是离奇的情节、巧妙的结构和错综复杂的事件。这类小说好像是一种酒，若常常从瓶子里倒来倒去，就很容易失去它的香味。但如果是一种言情写实的作品，其内容着重在人性的刻画和细腻的描写上，那就不可写得太快了。威尔斯说得好："不要慌忙，不要勉强，产生的作品，一定值得称扬。"

（六）速度的差异。作家们的写作速度，彼此也常常有很大的差别。像霍桑那样伟大的作家，他的写作速度常是出人意料的缓慢。反之，雨果在三个月之内就写成了他的《克伦威尔》，在四个半月之内就写成了他的《巴黎圣母院》。又如辛克莱·刘易斯[1]，他前后费去了十七年的光阴，才写成了他的《大街》。作家们写作时，有时候打字的动作赶不上思想的步伐，也有时候思想的行进并没有打字来得快。但这里有一点我们要特别注意：创作作品实际所需的时间，和作品在脑海中由起意到思考成熟所经过的时间不可分开来看。实地写作所需的时间也许是很短的，但脑海中对于作品的思考和计划常是在握笔写作前早就开始了。

（七）初学者的速度。大概说起来，初学写作的人应该慢慢地仔细地写。写作的速度常会和文体结构的优劣成反比。如果写得太快就会弄出许多草率的缺点来。如果想让小说写得过得去，在一年之内最多也只可写两部中篇小说。若是第一次尝试写作的人那就更要慢点了，因为单就遣词择字来说就已经不简单了，要一年写一部中篇小说恐怕就更难了。有经验的小说家自然能够写得快一点，因为他的草稿是比较精炼的，遣词

① 辛克莱·刘易斯：美国作家，主要作品有《大街》《巴比特》《阿罗史密斯》等，1930年凭《巴比特》获诺贝尔文学奖。

择字的功夫也比较纯熟，情节的布置也不太费力，而且可以一边写作一边布置情节，作品写完后也可以少加修正。初学写作的人应该花费充足的时间去练习写作。即使有顺适的环境也不可以仓促写作。即以作家最有自信的方式来计算，他也需要六个月的时间去思考，六个月的时间去写作，三个月的时间去修正，六个月的时间去设法出版。一个初写小说的人，从他下定决心要写作起，到他的作品印制成书止，中间所经过的时间最少也需要两年——而且这是最乐观的推算。假如小说的产生并不能如我们所推算的这样快，那也不应该灰心。要明白：一部处女作的诞生本来是很难的，这并不是说，任何小说家的早期作品的产生一定都是很难的。顺利的例子自然也不少。如果小说的情节布置已经就绪，而人物的安排也都完成，则实际上所需要的写作时间也许是很短的。

（八）创作的过程。小说家在写作之前，对自己将要写的小说必先有一个概念。这个概念也许是很巨大的，也许是很狭小的；也许是很确定的，也许是很不着边际的；也许是很客观的，也许是很主观的。作品完成后，成品也许和最初的概念差不多，也许和最初的概念完全不同。写作的过程是既复杂而又奇妙的。在大多数的情况下，写成的作品多半要和最初的概念不同。因为小说家由最初立意写作起，到作品全部写完为止，中间所用时间实在是太长了。在这个漫长的期间里，最初的计划到后来不能说没有一点改变。而且小说家的日常经验和文学修养也会影响他的写作。实地的写作一边进行，最初的概念也一边在变化。在全部作品还没有写完的时候，其最初的形态就已不容易被认识出来了。

（九）题材的选择、认识。任何小说家写成一部小说都要在有意或无意之中经过三道程序。第一，小说家要用科学的方法选择题材。日常生活中的事件很多，并不是任何事情都可以随便拿来写进小说里去的。小说里的材料一定要在人类生活上有价值，所以有用心选择的必要。关于这一点，我们在前一章里已经详细地讲解过了。第二，小说家要用哲学的态度去认识题材。小说家本身要有独特的人生态度，以致写小说时会无形中表明他的人生观和世界观。不过他所表达的意思应当融合在他的艺术的形象中，通过书中人的行动表现出来。自己万不可把嘴巴插进书里去发议论或做结论。第三，小说家要用艺术的手段来表现题材。无论是小说情节也好，或小说家的人生观也好，都要能因使人读后产生优美的感觉而感动——达成这种任务的就是写作的技巧。艺术实有暗示力和含蓄性，小说家所要表达的意思应当巧妙地保留一二分，以引起读者的思考。要留一点余地给读者，要让读者发挥他的思考和理解，使他们自己用经验和想象去填补。小说家观察时应当力求周到，但描写时则要抓住最典型的特征，把其余的部分交托给读者的想象。小说家不要把读者看得太低能，什么话都由自己说出来，这样容易使读者觉得索然无味，读了一遍之后就不想再读第二遍了。描写动作也是这样，不要死板地单从正面描写，应当设法从侧面烘托，以充实人物的整个印象。也不要单用罗列无遗的方法去表现一个场面，应当设法抓住一个显著的特征来画龙点睛。

（十）趣味的源泉：逼真。欲使小说有趣味，第一个条件就是逼真。无论小说家所表现的生活是哪种情形（是现今的，或是过去的；是现实的，或是虚幻的），所表现的情形必须要栩栩如生，和真的一样。小说家对于表现行动的详细情节必须加以审慎的选择，务必使读者能感觉到事件的进行就如在眼前。达到逼真的目的有一个方法，那就是要把人物性格、时间、地点、行动等都描写得具有特征。读者对于寻常的事、陈腐的事、平凡的事，都没有兴趣。众人预料中的普通的事也不能吸引读者的注意。即使有非常的境遇，如不能引起重大的结果，还是不能吸引读者的注意。有些作品在开端时虽能引起读者的兴趣，但不久它的引诱力就失去了。反之，那些伟大的作品在开端虽没有什么惊人的笔墨，可是那些简单的事件倒能引起重大的结果。

（十一）趣味的源泉：刺激想象。欲使小说有趣味，第二个条件要能刺激读者的想象。读者的想象被刺激起来以后，他就会自觉地加入书中成为故事里的一分子，或自以为是事件的目击者。达到这个目的的方法就是要把事件表现成具体的形式，来搅动读者的情绪，使读者能在想象中经历书中所有的故事。此外，还有一个需要注意的地方：小说有无趣味，有时要看这部小说能否引起读者对书中人物的钦佩或轻视，同情或反感。假如读者读完了一部小说以后，对书中的故事无关痛痒，对书中的人物毫无爱憎感，则这种小说是缺乏趣味的。书中人物所处的境遇和他们所奋斗祈求的目的必须能引起读者情绪上的激动，不然那就不算小说了。小说家的最高成就乃是将“奇诡”和“常态”结合起来，使故事一方面能引人诧异，一方面又能合乎理性。奇诡的地方可以动人听闻，合乎理性的地方又能使人同情和理解。这种名相反而实相成的两方面如果能很好地融合起来，一定能产生美满的结果。

创作的准备

（一）准备的重要。常言道：“小说写作在于天分，是学不会的。”这话的问题很大，说得过于绝对，实在误人不浅。天分不是出生后就停止的东西，它要用人力来加以发展，才能够发挥其最大的功效。小说的写作虽不是一教就会，但经过学习、训练是可以达到一定的创作水平的。初学者的最大不幸是希望过早成功。立志做小说家的人应当晓得：任何辉煌事业都需要二十年以上的辛劳和努力。小说家在现代已经成为一种专门的职业。许多人日夜勤劳从事此种工作而借以谋生。在注重文化的国家，小说家的收入相当可观，因此吸引着大批有创作热情的人投身于此行列中，竞争越来越激烈，而失败的人也越来越多。创造性的写作绝不是无经验的人所能够轻松胜任的。假如你想利用写作来谋生，你必先有个长期的准备和自我训练。假如你没有经过刻苦的习作期，你的写作技能是很难提高的。而作家在自我训练期间，必先靠别的临时职业以维持生活，而这种职业不但要有固定的收入，还须对写作有帮助。经验告诉我们，最合乎这种理想的职业是新闻记者。因为新闻记者一方面可以常常练习发表思想和描写事件，另一方面又能和社会的各阶层有广泛的接触机会。据专家的统计，由新闻界出身而成功的作家特别多，这也借由事实证明了新闻记者是小说家自我训练期间最理想的临时职业。

（二）练习的重要性。练习在各种艺术上都重要，而在文学上的效果则尤其显得重要。写小说和创作其他的艺术品一样，除了不断打磨外，并无其他的成功捷径。苦心练习就是小说家的成功秘诀，小说实在是一种刻苦训练后的产物。只有积累多年的写作经验后方能够获知写作的技巧。不要认为写作的成功是一件偶然的事。作家需要用纸笔来练习，就和音乐家需要用乐器来练习是一样的道理。凡立志当小说家的人，必先养成一种写作的习惯，使写作成为其日常生活的一部分。初学者应当先练习观察，然后再练习将观察所得用文字表述出来。也就是说，所要描写的事物必先在脑海中成为生动的影像，然后再用文字把这种栩栩如生的影像转化成文字，使读者阅读时如耳闻目见一般。可见，写作的成功绝非单纯的天才因素。有些技巧，像人物的行动展开和披露，性格的洞察和分析，情节的布置和设计等，都是由辛苦的练习中学来的。至于那优美的句子，生动的话语，辛辣的讽刺，作品各章节的比例等，尤需不厌其烦地练习，才能获知其中诀窍。

（三）养成经常性的写作习惯。通常，对写作有兴趣的人只不过是喜欢想象创造性工作的奇伟，而真要动笔书写又往往力不从心。规避辛苦的工作是人之常情，要想克服这种惰性，只有设法养成写作的习惯。你若想靠笔杆吃饭，就必须经常地伏在案上提笔写作。你必须和其他上班族一样，早饭后就上工，中午吃饭休息，下午再照常工作。有时你也许伏案上一两个小时也写不出一个字，但只要你坚决持去做你想要做的事，你总能慢慢地发现门道。养成经常性的写作习惯是成为小说家的第一个先决条件。每次的写作时间并不一定要很长，但必须有固定的时间。只要能长期不间断地写作，每天保证三个小时也就够了。至于每小时写出多少字，倒没必要做确定的要求。养成写作习惯能够产生保质保量的作品。如果作家没有坚持定时去写作，则其作品常会发生七零八碎的现象。这并不是说，凡写小说都必须一气呵成，而是说，作家如能养成定时的写作习惯，其作品的产量容易趋于平稳。但养成这种写作习惯并不是一件容易的事。这不仅需要坚强的意志力，而且也需要充沛的脑力和精力。

（四）坚韧力。充沛的脑力和精力实在是小说创作的一个重要条件。人在写作时其精神处于高度紧张的状态。脑力不强健的人和没有耐性的人都无法完成长篇小说的创作。业余的作家也很难把长篇小说写好，长篇小说的字数和长度实在是一件恼人的事。当小说作家一页又一页地写下去的时候，有可能越到后来就越觉得不耐烦，因为写作的兴趣和热情维持很长的时期实在需要惊人的毅力。这种坚持的努力在生理和心理上都会带来压力。假如你不能沉稳地洋洋洒洒写出数十万字来，你最好还是先在杂志上发表点短篇小说，不要怀抱着写长篇小说的野心为好。

（五）模仿。写作的技巧可以由模仿名家的作品而获得。立志当小说家的人应当先尽量地阅读大量的小说。从实用的角度考虑，尤其要多读和自己同时代的作品。作家在写作之前所读的许多作品，会不知不觉地在他的作品里发生作用。不过以学习为目的读小说时，要存批评的眼光，以小说为研究、分析和解剖的对象。如果和普通读者一样，纯以取乐为目的，那完全是浪费时间了。诵读过去的名著，并不是要剽窃前人的皮毛和形骸，乃是要把过去的名著消化，从中汲取精华，使之成为自己的血肉。初次尝试写作时，最好是先选一本自己最喜爱的小说，将其结构加以彻底的分析和研究，然后再依照同样的结构，将自己的小说构建起来。

用这种实验主义的方法，可以学到许多技巧上的技能，而这种技能不是在任何教科书上所能够学得到的。斯蒂芬·茨威格在青年时就孜孜不倦地仿效名家。富兰克林[①]在他的自传里告诉我们，他在十四岁时就用心模仿报纸《旁观者报》（*The Spectator*）的文体。许多著名作家都承认，他们早期的作品多

① 富兰克林：美国政治家、物理学家、作家。他的作品《富兰克林自传》是美国传记文学的开山之作，而且使自传成为一种全新的文学体裁。

半是通过模仿所钦佩的作家的作品而产生的。柯南·道尔[①]爵士曾劝告过年轻的作家说：“尽量地阅读那些声名远播的小说。对于世界名著要格外仔细地研究。如果觉得自己的兴趣和才能适合某一类作品，那就尽力设法去模仿写作那一类的作品。”

（六）准自传。自传体的小说也是小说家写作初期的一种很好的练习。因为初学写作的人的写作技巧还不纯熟，如果你上手就用不熟悉的材料展开创作，写起来肯定吃力。若能以本身的经历创作小说，则在结构、人物塑造、故事脉络上较易把控，写起来比较顺利。待写作的技巧纯熟以后，再搜集和运用其他的材料，写起来也就不会觉得太难了。不过这里有个问题需要特别注意：大凡第一次用自传体写小说而出名的人，常常容易把自传体看作写小说的唯一法门，甚至忘记了除自身的经验外尚有其他可用的材料。如果小说家始终改编自己的经历以充作小说的材料，读者早晚会感到厌倦。有志气的小说家应该

① 柯南·道尔：英国著名的侦探小说家，被誉为侦探悬疑小说的鼻祖，代表作品有《福尔摩斯探案集》。

立刻放弃这种政策，转变方向，另挖掘新的材料。假如一名小说家早做了写作的准备，他是不会感到材料匮乏的，因为他由观察和听闻中所得的材料已经比他自身的经历多得多，已足够充实他作品的内容了。

小说家们多半承认，自己的处女作都写得比较坦白。因为在自传性质的作品中，一切悲欢离合、可歌可泣之事都是作者自己的亲身经历。充满了真情实感的东西容易打动读者，这是自然的事。不过你若想永远以准自传为小说体裁那就实在是太愚笨了。写小说的人，其写作技巧精进以后，就不应当再单独地依赖他本身的经历，此时应当多利用想象去编织各种间接得来的材料，古今伟大的作品有许多都产生于独创的想象。当然，登峰造极的想象力的获得并不是一蹴而就的。要想获得丰富的想象力，必先以自身的经历为材料去练习，甚至练习到写作技巧臻于纯熟为止。

写作的程序

（一）威尔斯的写作程序。威尔斯曾将小说写作列出八种程序来，他的方法很适合于年轻作家。他认为，在动手写作以前，第一先要推敲全书的主旨。全书主旨确立后，必再三反复自问，究竟所立的主旨好不好。如有不适当之处，当立刻改换一个。这样改来改去，也许终还采用最初所想出的主旨也说不定。第二，主旨选定后，就要设法打开写作的端绪。中国有句俗语："万事开头难。"西方也有类似的说法："有了好的开始就意味着成功了一半。"只要先将写作的端绪打开，之后的文思就要容易涌出来了。第三，将所有要发表的思想加以启发和展开，并且要紧握住这个思想不放。第四，先写一份粗略的草稿，速度须快，而内容则不妨粗略，以后再做详细修改就可以了。第五，草稿写成后，需从头至尾仔细读一遍，将重要的留下，不必要的舍去。第六，将留下的部分重新组织一次，并加以润色和修正。第七，将全书章节的划分和搭配再重新加以考虑和整理，有不适当之处则加以更改。第八，将稿件打印出来后，即可拿去排版，当第一次校样拿来校阅时，还有再做修改的机会。

（二）左拉[①]的写作程序。左拉在平时就注意搜集材料。他阅报时剪报，读书时做笔记，和人谈话有感或观察有得，他都随时做记录。他对这些剪报、笔记、谈话记录、观察记录等都进行细心的研究，并分类编排，收在一个文件夹里。他把这些搜得的材料称之为“生活文件”。他在下笔写作之前，会预先制订一个写作计划，即把全书的主旨和故事的大致轮廓都确定出来，然后他再按照这个计划做出一个“纲领”。“生活文件”和“纲领”都有了以后，他就设法把他的“生活文件”装

① 左拉：法国自然主义小说家。代表作品有《小酒店》《萌芽》《娜娜》等。

进他“纲领”的模子里去，这才成为了他实际写作时所依据的底稿。有了底稿，以后的工作就简单了。他只要按照他的底稿，把详细的情节一点一点地写出来，就写出他所要写的小说了。

（三）巴尔扎克[①]的写作程序。巴尔扎克写小说时不欢喜打草稿，他拿起笔来写一段就送去录排。不过他吩咐录排人员要排得稀疏，把行距留得非常大。录排人员送校样来校对时，他就在校样上增补和修改，改完后再拿去重排，排好后他依旧增补、修改，照这样一连修改四五次，他的文章才算写好定稿。他最终的付印稿内容总要比初稿扩大好几倍。他的写作过程可以说是这样的：他的初稿就是他的大纲。不过他并不是把全部大纲写成后再从头加以扩大和细描的，而是随时写随时就增补，他增补的次数很多，所以他的小说是经过反复咀嚼、多次易稿后才写出的。

（四）初学者的写作程序。假如你是一位毫无写作经验的

---

① 巴尔扎克：法国小说家，一生创作颇丰，写出了91部小说，合称《人间喜剧》，被称为“现代小说之父”。

生手，你应当在写作之前将心中的全书大意写成一篇纲要，然后再把书中所有的人物列成一张表。表分成两类，一类是主要的角色，一类是次要的角色。每个人物的性格、体貌、思想、教养、出身等，都必须详细注明。第二步工作，斟酌全部情节，把全书分成若干章，然后再把每章的详细计划写出来。其中，表现主旨的具体手段，各主要人物间相互的纠葛和关系，故事发展中的重要场面，故事主脉的线索和隐晦等，尤需详细写明。假如你能依照这种方法去写作，就可以很容易地把控整部作品，全书故事都可以按步循序进行，最终达到预期的结果。小说家在写长篇小说时普遍会遇到一个问题，那就是前面写过的详情，有时到后面会记不清楚，结果导致后面所写的事情常会和前面的情节发生矛盾。但如果你用现在所说的初学者的写作程序，就可以免去这种问题。因为有预先写好的纲要在旁，可以随时供参阅和检查。你前面所写过的事情，一看纲要就知道了。当你把全书写完而开始从头修正时，你还可以把你所写成的作品拿来同纲要做比较。这时你就可以知道，你究竟是写出了多少你脑中预计要写的事情。

修　正

（一）修正的必要。写小说所花费的精力可以分成三大部：一是最初的设计，二是计划的实施，三是作品的修正。在各种艺术中当以文学最需要修正；而在各种文学中又以小说最需要修正。假如写成的小说不能吸引读者，缺少信服力，不一定是因为材料有缺陷，下面这两件事也可能是其原因：1. 准备的工作不充分。2. 事件的排列不合理或叙事的笔法太笨拙。小说写作很难，主要是因为它的篇幅太长。绘画的人能够一眼看清自己的全幅图画，但小说家却不能一下子看清自己全部的作品。作家要想把写过的一字一句都记清楚，实在不是一件容易的事。但假如书中人物的言行和事件的时间、地点，在前后出现不一致的情形，那作品的价值和趣味就要大打折扣了。因此，全书写完后，必须从头至尾再加以仔细修正，然后才能免去原稿中因疏忽而发生的许多错误。修正对于小说实在是一种既迫切而又重要的工序。一部处女作所需要的修正时间，有时并不短于其初稿写作时所花费的时间。一部小说的优劣常常取决于修正是否认真和完善。一次认真且完善的修正常能惊人地促成一部有价值的作品的产生。

（二）修正的方法。修正的方法有两种：一种是一边写作，一边仔细地修正；还有一种就是先写一个粗略的草稿，等全书写完后，再从头起一点一点地修正。第二种修正法的优点近乎重新写作一次。初学写作的人最好是先按章写出一个详尽的大纲，然后再按大纲写出全书的粗略草稿。一般来讲，大纲要有一万字左右，草稿要有六万字左右。如用这种方法写小说，基本上不太费力，而且如有前后冲突或矛盾的地方也很容易发现。不过虽说是写草稿，也不可太草率，无论是在文体方面或结构方面都不可过于松散。草稿的文章虽不求精美，但如果过于芜杂和潦草，则势必会增加以后修正工作的麻烦。在修正时，要用批评的眼光把草稿仔细地审视，而且要一章一章地分开来反复地推敲。在情节、形式、叙述、描写、文体、会话上，无论哪里存在缺点，发现后都要立刻加以改正。照这样一章一章地修正下去，也许整篇草稿都要重新写过。这种修正工作是很无趣的，但是绝不能因为修正工作的艰难和枯燥就偷懒。此外，请别人把草稿读给你听，也是修正的一个好方法。你自己校阅时不容易发现的问题，往往在听了别人诵读时就可以发现。自己用笔墨所不容易表达出来的意思，在听了别人诵读时也会受到启发。

（三）修正的对象。修正，也许是扩充作品，也许是紧缩作品，也许是只用一个较明确的词语来代替另外一个较含糊的词语。但一般来讲，修正的第一要务是要看全书的情节好不好，一切情节的演变是不是都合乎情理，有没有不合逻辑的地方。在修正人物描写和会话文体等以前，必先将情节设计得尽量完美、吸引人。假如你能够加深故事的戏剧性，假如你能够插进一段悲剧的场面，假如你能够使人物间的冲突白热化和尖锐化，你应该立刻修正而不要有丝毫迟疑。因为这些事可以使你的读者增加阅读兴趣。同理，假如你发现了情节构造上的缺点，比如难使人信服或解释不通的事端，足以阻断情节进展的冗长而赘余的描写，由一个事件转变到另外一个事件时中间缺少巧妙的衔接等，也要立刻加以改善。一般的小说家在修正时有个共同的弱点，那就是不舍得删减自己的作品。这个弱点实在有革除的必要。只要能改善作品，千万不要舍不得删减。凡是不必要的说明、累赘的词句等，都有删减的必要。还有，单做一次普遍的修正并不够，必须做好几次不同的修正，而每次要特别着重检查某一个方面。譬如第一次先修正情节和叙事方面的缺陷，第二次修正人物描写方面的缺陷，第三次修正会话方面的缺陷，最后一直修正到文体、文法和章节的分割等。在最后一次的修正以前，还要将书中每个人的命运脉络都从头至尾追溯一番。先单独地推敲每个人的命运脉络，然后再推敲人与人间及人与环境间的种种关系。书中人物的行动都前后一致吗？各种行为的前因后果都清楚吗？要怎样修正才能使描写更为活泼动人？像诸如此类的问题要多多地自我反问。

（四）选择书名。修正的工作完毕后就要设法选定书名了。书名的选择并不如想象中那样容易，而书名的好坏却对于小说的身价有着意料不到的影响。一个好的书名的确可以吸引更多的读者。书名一方面要能引起读者的好奇心，另一方面也要能切合小说的主旨，不可与小说的内容脱离关系。小说的书名最好也同时是小说的论题。有些小说的书名是在小说的计划中产生的，这种书名多半不会差，因为这里面包含了小说的论题。太长的或双重的书名是不合时宜的。现代的书名一定要精短而不唐突。西谚道："简短是隽语的灵魂。"好的书名应该是三五个字包括了全书的大意。对于书名的选择不要太仓促。凡你所能够想到的书名都不妨写下来比较看看。同时你也可以用下面这些问题来评测每一个候选的书名：1. 这个书名能够引起人的好奇心吗？2. 这个书名读起来顺口吗？3. 这个书名能够使人都明白吗？4. 这个书名不至于引起读者的误解吗？

5. 书名所表示的意思有无过分之处？6. 这个书名是不是陈词滥调？7. 这个书名是否过于特殊？8. 这个书名确切适当吗？

写作的规律

歌德说："作家要用最经济的手腕来写出他的小说。"这话说得未免太抽象一点，我们好像是摸不着头脑似的。狄更斯[①]比较具体地说出三大原则来。他说："写出的小说第一要能使读者笑；第二要能使读者哭；第三要能使读者爱不释手，想继续读下去。"

写小说的人应该注意下面的四件事：

（一）小说家要有挑选材料的能力。

---

① 狄更斯：19世纪英国著名批判现实主义作家，代表作有《雾都孤儿》《双城记》等。

你在日常生活中所耳闻目见的事情很多，哪些有艺术上的价值，能做小说的材料，哪些不能做小说上的材料，你要能一一分辨清楚而加以选择，并且在选就之后能将所选的材料加以戏剧化。

（二）小说家需能用文字表达出一切意思。

文字虽不求高雅优美，但要通顺明白。

（三）小说家的作品应能使读者在一读之后即不忍停下。

达到这个目的的手段就是不要将事件的结果马上让读者知道。要使读者耐心等待，一直到读完全书。这种技术是可以从修养和锻炼中得来的。事件与人物的穿插和配合是达到此效果的关键。

（四）小说家对自己将要描写的事物须先能确实地了解和明白。

书中的人物究竟要做什么事？他们怎样做？为什么做？作者都必须在执笔前就确切地知道。有时候写作的失败并不是因为写作的技术不纯熟，而是因为作者不能够确实地知道他自己所要去描写的究竟是什么事。

根据以往众多作家的创作心得，现总结出九点意见：

1. 作家必须说自己的话，以自己的人格为写作的根据。

2. 作家所叙之事，必须能使读者相信。

3. 小说能永久引起读者的注意和把握读者的兴趣。

4. 小说的结构和形式单是作者自己了解并不够，最要紧的还要使读者也能了解。

5. 即使细枝末节也要注意到，不可因疏忽而生错误。

6. 自己所写之事，自己必先有充分的认识。自己不能充分认识的事物不可轻率地去写。比如，一个穷苦出身的人不可轻率地不经体验就描写贵族人家的生活。

7. 注意叙事中的地理，如地名方位等，不可有矛盾或错误之处。

8. 对于自然界的事物，如对气候、日月等的描写，不可有科学上的错误。

9. 要注意文章的文法和修辞。虽不求文章之高贵典雅，总要文通字顺，使人一目了然。

在读了各家的意见以后，我觉得下面的十一条规律最实用、最具体、最扼要、最简明。

（一）注意搜集材料。

1. 养成观察的习惯。

2. 对于人世间及社会上的事物，要尽可能多了解。

3. 常读有价值的书籍。

4. 凡自身不大熟悉的事物，不要做描写的尝试。

（二）从事练习写作。

5. 每天都要练习创作。

6. 要有专门的写作时间。

（三）要有戏剧化的意图。

7. 写作时要常常企图戏剧化。

8. 欲达成戏剧化的目的，需在材料的选择上下功夫。

9. 不要专门描写一个性格。

（四）造就优美的文体。

10．注意造就自己所固有的文体。

11．欲求词语运用得纯熟化，需练习作诗，借以锻炼写文章的能力。

Part 5

人物描写法

人物描写的基础

（一）人物和行动。“人物”比“情节”重要得多。情节是由人物引导产生的。你应当制造事件来体现人物的性格，使人物和行动互相调和，彼此一致。人物的性格有单纯的，有复杂的。性格单纯的人物，我们一看就能够了解他们。我们无论是爱他们或恨他们，对于辨识他们的性格是永不会发生混乱和迷惑的。即使在性格复杂的人物身上，我们也能看出来，其中有一个特性总是超越了其余特性。在探险小说和侠客小说中，人物的性格很少发生演变，这叫静止的人物。不过大多数的读者总是喜欢看演变的人物。演变常与奋斗相伴。奋斗可能是成功的，也可能是失败的，可能是有意义的，也可能是无意义的。有时演变不发生于突然事故，而发生于繁荣或挫折。近代小说的趋势总是使人物向动的方向发展。

（二）小说里的人物和现实生活里的人物。小说家在现实生活里所看到的人物，在书报杂志上所读到的人物，听朋友们所谈到的人物，都可能被用来作为他笔下的人物。另外，小说家也可以纯粹利用自己的想象力，创造出书中的人物来。不过我们要知道：想象也不是完全凭空的。想象仍然脱离不了实际经验的根据。从现实生活里寻求人物描写的材料有五点要注意：第一，要避免诽谤的嫌疑。如果小说里描写的人就是实际上的某人，而描写的态度又不友善，则很容易引起被描写者的憎恨和愤怒，甚至惹起诉讼。第二，对于某特殊阶层或特殊职业圈内所特有的言语行动和生活习惯如果不十分熟习，最好不要贸然描写。第三，单是生活经验丰富也不见得就会描写复杂的人性。有些商业旅行家，所到过的地方和所见过的人都非常多，但是他们并不会写小说。反之，文坛巨匠们的生活经验多半很有限（如《简·爱》的作者夏洛蒂·勃朗特），可是他们描写的人物倒是逼真动人。由此可知，小说家对于人要有深刻的观察，肤浅的观察是不够的。而且观察所得的材料还要用想象力加以精炼和制造，才能适合于描写上的应用。第四，书中的人物要栩栩如生，意思是要把现实生活里形形色色的人的性格详细地记录下来，但这只是画像而不是描写。现实生活里的真人只是人物描写的起点，而不是人物描写的模型。小说家对于人性要有敏锐的认识，对于人类的各种动机和热切的希望要有广泛深刻的研究。第二步要利用想象力把实地观察得来的许多人物特性联合拼凑起来，加以精炼、改造和融合。这样创造出来的人物才不是某一个人的模子，才不会缺乏普遍性。我们读伟大成功的作品时，总觉得书中的人物我们很面熟，很像日常生活中的某个人，但又不能肯定他是谁——这才真正是人物描写的最高明的手段。第五，现实生活和小说的区别在于事件排列的顺序不同。现实生活中，事件的发生虽也能表示出扮演者的性格，但事件多半是没有连带关系的。在小说中，事件的发生和人物的性格常有密切不可分的关系，彼此互相依赖。这种相互依赖的关系就造成一个“情节的模型”。

（三）人物的特性。每一个人都具备两种特性：一种是个人特性，一种是类型特性。描写人物时需把这两种特性同时显露出来，“人物”才会显得生动、逼真。所谓个人特性，就是这个人所特有的性格，也就是他的与众不同之处。譬如《西游记》里的看似憨厚老实的猪八戒，有时甚至近乎愚蠢，喜欢玩点小聪明，结果弄得自己处处吃亏。但他很贪财，每逢化缘时就扣下一点来，积成一笔私房钱，藏在自己的大耳朵里。这些都是猪八戒的个人特性。

猪八戒、孙行者这些人物在现实生活里虽然找不到，可是人们还是喜欢读《西游记》，这就是因为《西游记》里的许多人物都描写得很有个性，他们的身上包括了同类者所共有的性格。换句话说，书中人就是某类人当中一个典型的实例。譬如：士兵、水手、律师、医生、商人、老处女、富孀、赌徒、醉汉、守财奴、慈善家等，每一类人物都有他们所共有的类型特性。成功的人物描写都是把个人特性和类型特性密切联合起来的。“人物”不但要有他“团体”阶层所共有的性格，同时还要有他自己的个性。这样的人物才是立体的具有复杂性的活人。寓言小说中的人物性格多半是固定的，所以缺乏个性；讽刺小说里的人物很有个性，但是不能代表任何一种类型。这都不是理想的人物描写。

（四）特性的混乱。人物描写中最容易犯的一个毛病就是用类型特性代替了个人特性，用抽象的道德观念概括了个人的特有性格。这种人物描写就叫作观念化或脸谱化。这种作品是穿上文学外表的社会科学论文，而不是真正的文学。社会科学和小说所表现的对象虽同是社会现象，但表现的方法是彼此不同的。社会科学家对社会上错综现象加以研究、比较、分析，以求得明确的结论，然后再用艺术手段把这种社会现象的因果关系表现出来，使结论含蓄在艺术中。如果社会科学的表现法代替了艺术的表现法，那就是由于把个人特性和类型特性弄混乱了的缘故。混乱的原因不外乎两种：1. 你不能够确实地知道你所要发表的是什么思想。你脑海中缺乏清晰的幻影，你未能将你的想象具体化，所以你用了抽象的观念代替了具体的事实。2. 你脑海中虽有了清晰的幻影，但是不能够用文字把它发表出来。这大概是你的词汇积累不充足或修辞造句的技巧未臻纯熟的缘故。

（五）人物的脱缰。书中的“人物”不受作者的控制，不合作者的期望，这是很常有的事。譬如，作者常常预定要书中人做某些事，可是书中人偏偏不那样做。萨克雷说：“我不能控制我的人物。我完全在他们的掌握中。他们要带我到哪里去就带我到哪里去。”这大概是因为作者的想象和观念非常切合现实，所以能把生命、意志和性格都赋予书中人，使书中人在言语行动上各自有其动机而不受作者的约束。作者最初是领导书中人的，但后来反被书中人所领导了。作者这时不必烦恼。书中人既已变成真正的活人，那倒是可喜可贺的事，只要把预定的计划稍加改变就行了。在这里，我们可以看出来，真正有创造力的天生才能和普通的由训练而获得的才能是有区别的。拥有普通才能的人只可有意识地产生作品，是尽力而为的结果，而真正有天赋才能的人才能无意识地“创造”。因此，天才作品的创作过程不但让读者会觉得神秘，有些时候就是作者本人对此也是很难解释的。

人物描写的技术

（一）准备工作。用洞穿的眼光观察，用同理心去想象，这是人物描写的准备工作。所谓洞穿的观察，是指能够看到幕后的动机和其相互的作用。所谓用同理心去想象，是说用换位思考的方式，设身处地去写书中人的心理活动和言行。你要永远保持热情、兴趣和敏感，用心去观察人物和换位思考。听他们的谈吐，看他们的举止，研究其行为动机、利害冲突和纠纷原因。至于人物性格的好坏、精神和肉体的欲望、生活的悲喜剧等，都要设法站在当事人的角度去审视，深入当事人的内心去猜想。到了下笔的时候，你对书中人物可以存友爱的态度，也可以存敌视的态度。司各特对于他的书中人总是钦佩得五体投地，也常常不知不觉地泄露了同理心，书中人的心仿佛和他自己的心跳动得一致似的。反之，福楼拜和莫泊桑则对其书中人采取敌视的态度。

（二）形象化。观察的过程完毕后，你应用想象力把观察所得的材料精炼和改造出来，这时所要描写的人物在你的脑海中已经有个幻影了。然后将人物的幻影从想象的网眼上解脱下来，使其具体化、实质化，这就叫人物的形象化。初学写作的人如果所描写的人物不能够栩栩如生，一定是因为形象化得不够完全所致。假如你不能明确你笔下的主人公在某种环境中做些什么事，假如你对于他的年龄、形貌、习惯、意见等，不能立刻给出回答，你就无须再写下去了，因为你还没有完全掌控他。如果你对于自己笔下人物的了解度不像熟识的老朋友那样，他是不会跑进你书中来的。

（三）人物的对比、类集和协调。把性格相同的人聚集在一块，叫作人物类集。把性格相反的人聚集在一块，叫作对比。任何事件的发生都有一个中心问题：或是恋爱，或是犯罪，或是旅行，或是经商。这些事使人物彼此间发生关系，组成集团。如家庭内的主仆，一对爱人，一对知心朋友，同行业几个代表，都是同一团体内的人物。把这些人物的性格加以类集或对比，可以增强人物形象的描写。成功的人物描写不仅叙述人物现在的性格和行动，还要能根据他的性格，写出他的过去和将来。

（四）人物的引进。引进人物出场的方法很多。你可以在第一章里把所有的人物都引进来，也可以用逐渐引进法，在每章内都介绍一两个新人物。这两种方法都不是最理想的。第一种方法尤其会使读者混乱不清。引进人物出场最好的方法是先使主要的角色有所行动，足以引起读者的兴趣和好奇心，之后再引进其他人物。在第一次引进主要人物出场的时候，更应当选择适宜的时机。小说和现实生活一样，第一次的印象是最重要的。不要让你的人物在场面上漫游或流浪。在每次引进人物出场之前，都要小心地准备，才可以达到戏剧的紧张性。假如主要人物引入得太迟，读者对于他的闯入会产生怨恨之情。这里所要记住的规则是引起读者的好奇心。在开端不要花费太多的时间以致延误了故事的思潮。主要人物的引进最好是在前面的三四章内就完成。

（五）人物的披露。披露人物的方法也有好几种。其中有一条规则是对于任何方法都适用的。那就是：在整个故事内，要把主要人物描写得淋漓尽致。技巧不纯熟的小说家，常会在故事的开端把人物描写得很详细，但后来就把那些人物遗忘了。这些人物在前面几章里都是有声有色的，但到了后面几章里就无形地消失了。司各特常犯这种毛病。他每次引进一位新人物时总要把他描写一两页，但以后就不再描写了。按技巧的优劣来说，在第一次引进一个人物时，最好不要把关于这个人的一切都说出来。人物的性格要逐渐地、慢慢地、一层一层地披露。当你把你所知道的都说尽了的时候，你的故事也就该结束了。比较妥善一点的方法是把详细的描写分置在故事发展的不同阶段，使人物在言行上的所有特点能分开来，一次一次地呈现给读者看。这种描写方法可以把故事的逼真性增加十倍以上。

（六）人物的数目和命名。小说里的人物数目要有限制。小说不是照搬人生，而是将人生浓缩化。在处理人物描写时尤需应用这个原理，即只有那些十分必要的人物才可以引进书里来。假如故事的发展需要有很多的人物，那就要用简化的手法，使次要的人物处在附属的地位。我们可以总结出这样一个规则：对于人物性格的分析和解释越深入，则人物的数目应当越少。初级的小说作者，最好把人物减少到最低限度，这样比较安全。近代的小说家都认为：人物过多时，如果控制不好，读者读起来会感到混乱。对于读者来说，仅仅把书中众多的人名记清楚已经不容易。而每个新人物的出场都会推进故事发展，如此交织的庞大人物关系网，小说家若不能先梳理好，结果可想而知。所以说人物越多，则越难控制故事。

人数要受限制还有一个理由：人物的数目增加，则作者的注意力就被分散。因为人物增加，例证人物行为的事件也必然增加。这样一来，故事推进的速度就会变缓，而读者的耐性很快就消磨没了。在引进新人物以前，你应当自问：这个人物对于故事有绝对的必要吗？他能不能促进故事的发展？他对于主要人物的表现有无辅助意义？人物的数目少一点不要紧，只要能在几个人物的身上，从不同的角度来描写，很细腻地表现他们的性格、心理、行为和冲突，读者对此是永远有兴趣的。但若引进了过剩的人物，而人物的变动和走马灯一样，一个接一个出现，难以令读者对人物有深刻的印象，那么这些人物无论怎样鲜活逼真，恐怕都要使人厌倦。这种描写的效果，必然失之浅薄。

人物的命名在人物描写上也占重要的地位，因为人名对读者有心理的暗示作用，可以引起读者对人物的现实幻想。小说里人物命名的艺术要能辅助故事全体的印象，使读者更加相信故事的真实性。人名和性格一样，最好能从现实生活里借用得来。作者在写作的准备阶段就要注意找些奇异的人名。最理想的人名是能和人物的性格相合。不要采用生僻、绕口的人名，也不要使两个人名有相似的发音。《红楼梦》里贾家的元春、迎春、探春、惜春等，隐喻得很为巧妙。而有些小说中的人名，如嫉善爵爷、失望巨人、趋奉先生、胆怯先生、谨慎、忠诚、希望等，尽是些抽象的道德名词，表现得太露骨，未免使人厌烦了。

分析式描写法和戏剧式描写法

（一）两种描写法。人物描写法有两种，二者可以同时并用，亦可单用一种。小说家可以自己直接说明某人是恶人，也可以把某人的一切言语举动显露在读者的眼前，让读者自己推断出他是恶人。第一种方法是消极的，第二种方法是积极的。无疑，第二种描写方法比较生动有效果。要想完全用行动把每个人物的性格表现出来，实在不是一件容易的事。有时也的确需要用摘要或概说的方法来说明人物的性格。在描写次要的角色时尤其如此。在可能的限度内，人物的性格最好是在他们各自的言行上表现出来。不过为了做到叙事的简练，概说也是免不了的。人物必须能够显露他们自己的故事。假如小说家必须用自己的话加以说明，那完全是一种弱点。

（二）戏剧式的小说和图书式的小说。小说有两种很不同的形式，一种是戏剧式的，一种是图书式的。前者以戏剧的形式呈现于读者的眼前；后者则由作家将故事的内容告知读者。戏剧式的描写非常生动，但太受时间和空间的限制。图书式的描写不很生动，但写作时较为自由，不受拘束。戏剧性的场面可以表现出故事的重要阶段，尤其可以表现出“高潮”。图书式的描写最好用在准备和部署的阶段，或用在供给消息和概括说明的时候。这种非戏剧性的叙述在小说中总是免不了的，而且这一部分多半是枯燥无味的部分。因此，小说的技术就是着重在使图书式的部分变成戏剧式的部分。

（三）性格和行为。在人物描写中，人物性格必须要影响行为。性格和行为的因果关系可以用两种方法表现出来。第一种方法是先将性格用说明或描写的形式叙述一下，然后再申述显示性格的行为。这就是说，当小说家停下来做必需的说明时，故事的进展常常被打断。第二种方法是戏剧式的方法，也是更艺术的方法。用这种方法时，性格不但能形成和决定行为，而且行为同时也能够显示性格。最理想的描写当然是性格和行为能同时被显露出来。不过要想在小说中永远保持这种状态是很困难的，因为小说中事件的数目很受限制，要想在少数的事件里把许多人的复杂心理和各种不同的行为都表现出来，是不可能的事。

（四）史书和戏剧。在形式上，近代的小说实在是史书和戏剧的折中体。史书和戏剧在表现的形式上是相反的，而小说则将二者的性质合并起来，采取二者的优点而摒去二者的缺点。戏剧的最大特点是：所有的谈话都是由剧中人说出的。史书的最大特点是：所有的谈话都是由作者说出的。因此，写小说有三种方法：

第一，用戏剧的形式：完全用剧中人的话语。

第二，用历史的形式：完全用作者的话语。

第三，将两种方法合并起来，同时并用。也就是将作者的评语，安插在剧中人的谈话中。

第三种方法是最普通的。所谓小说式的叙事文，就是历史陈述和会话的合并，会话的那部分是用戏剧的形式陈述的。优美的小说叙事文体包含史书和戏剧的优点；较差的小说叙事文则兼有二者的缺点。有的作者也许觉得，当他陈述他的观察时，用自己的话要比用剧中人的话容易得多。不过作者如果这样想，未免太顾及他自己而忽视读者了。作者选用历史的记叙法也许是因为这种方法比较容易。他若采用戏剧的记叙法，也许是因为他所搜得的材料是属于戏剧式的。读者大都喜欢戏剧式的记叙，而不喜欢历史式的记叙。因为听别人叙述某件事情时，总没有目睹该事件实际发生的经过来得生动有趣。

（五）直接记叙法和间接记叙法。历史的记叙法又叫作直接的记叙法或分析的记叙法。直接的记叙法是从外部描写书中的人物。作者直接地解剖书中人的热情、动机、思想和感觉等。作者除解释和讨论外，有时会做武断的评判。凡描写人物内心或继续复杂的动机和情绪时，用这种分析的方法写作方便得多。戏剧的记叙法又叫作间接的记叙法，用这种方法描写时，作者须站在客观的地位，使书中人用他们自己的言行来表现他们自己，其可能用人物间相互的批评和论断来加强人物的自我描写。从原理上说，人物能够自动显露当然是最好不过了。人物的自动显露自然比作家的解剖分析来得生动有趣。如果解剖分析常常代替了自我显露，这完全是因为作者在戏剧的意识上或戏剧化的能力上有欠缺。不过容许作者以说明人或评判者的姿态出现，这是小说的一个优点，是戏剧所不具备的。你既然是在写小说，而不是在写戏剧，只要不违背小说的原则就行，用不着再受戏剧法则的束缚。

（六）分析法的特质。运用分析的描写法，你可以直接加上自己的评语和解释。你可以亲登舞台，在幕前向观众来说明剧中人的行为和他对行为的一切感慨，还可以讨论书中人的各种动机，说明前因后果，提出道德问题等。你还可以探查书中人的大脑，把他的心境、思想、希望、悲愁、快乐等，都说给读者听。这种富有充分自由的文学形式，是作者自己所开创的一个小天地。当你享用小说所赋予的这种自由特权时，他就无疑是这小天地的说明者了。一般来说，小说家确实是生活的说明者。不过若将小说家和批评家比较起来，小说家是先将他的思想组成系统，写成公式而已。有时小说家也可利用书中人的口舌来解释行为的动机和道德的因果，或利用次要的角色及间接的评语将事件的主要性质显露给读者看。

（七）戏剧法的特质。分析法直接描写书中人物的性格，戏剧法则不然。戏剧法不过是将材料加以选择和组织，利用情节的发展、人物的表现、特性的强调等手段，将人物的性格表现给读者看。在戏剧的表现手法中，现实性的感觉较强。小说的工程越巧妙，则间接描写的可能性越大。近代的小说越来越近似戏剧，和当初爱伦·坡的小说完全不同。这并不是说爱伦·坡不是天才或没有创作能力，而这完全是时代不同的缘故。假如爱伦·坡生于现代而写小说，他一定会采用现代的形式，否则他的小说也决不会受读者的欢迎。

（八）戏剧法的优点。小说家应该重视感官的印象和戏剧的表现。他须常常想到：读小说的人并不喜欢别人告诉他事情是怎样发生的。他们喜欢自己直接看到事件发生的情形。人物的特性要戏剧化。换言之，人物必须用行动来表现他们自己。真正的小说家对于书中人物的言行举止不大愿意多加评论。不管那些人物的行为是神圣也好，卑鄙也好，他只把一些具体的事实摆放在我们的眼前，让我们归纳出自己的结论。实现连载小说的戏剧性有两个方法：一是单元表现的相互冲突，二是紧急关头的最后抉择。“戏剧性”这个名称是对紧急关头的情势而言的。所谓戏剧性的刹那，就是说在某种紧急的关头，主人公受到严峻的考验。至于考验的成果，则依主人公的抉择而定。小说家写戏剧性的故事，就和科学家在实验室做实验一样，要排除一切障碍，小心翼翼地管制着一切情况，使其研究的对象受到一种严峻的考验。他如果能够一丝不苟地工作，一定能够达到他预期的效果。

总结来说，分析式记叙法有四种：1. 用说明的方法；2. 用描写的方法；3. 用心理解剖法；4. 用书中人的相互报告。戏剧式记叙法也有四种：1. 利用人物的言论；2. 利用人物的行为；3. 利用人物的相互影响；4. 利用人物周围的环境。

Part 6

谈话的特质

谈话的重要性

两个或两个以上的人物在一起交谈，可以显露人物的性格，可以促进事件的发展。读者都喜欢故事里有精彩的谈话。假如读者打开书来，看见一页一页都是连篇不断的叙事文，肯定会觉得乏味了。所以用戏剧的形式写出来的叙事文多半是成功的。如果你因为谈话的部分难写而避重就轻地创作，是很难成为小说家的。谈话如果写得精彩，那实在是小说中最令人愉快的一个因素。谈话能使读者更亲密地与书中人接近，能使故事更生动逼真，能使小说更接近戏剧。在近代小说中，谈话的篇幅日渐扩大，作用日趋重要。如果能够很明确、果断、合宜地运用谈话，也是写作技术纯熟的一个明证。谈话在表现欲望、动机和感情上有极大的价值。在倾向于戏剧形式的小说里，谈话常常代替了分析和描写法，如能杂以谈话，也可以使故事更为生动。

谈话的功能

谈话在故事里应当直接地或间接地有助于情节的发展，或能够简明表现人物的性格。谈话如果无益于情节的展开，则对于说明人物的性格一定要有特殊的贡献。谈话的第一功能是推动故事情节发展，第二功能是协助人物描写。在促进情节的动作上，谈话又有三个特别的功用。第一，它可以说明先前的环境。这种技巧是戏剧里常会运用到的。在短篇小说里，作者常常喜欢用摘要的说明来代替谈话。第二，谈话可以协助展开现在的行动。在短篇小说里，谈话常被用来说明情节。第三，谈话还可以协助准备将来的行动。不过要注意：谈话写得好，固然可以协助和加速情节的进展，但是冗杂的谈话也会阻滞情节的展开。这和冗长的描写、冗长的哲学谈论一样，对情节的展开都有妨碍。假如你希望迂缓的文体，未尝不可以用填塞式的冗长文字来达到你的目的。有时候，暂时停止故事的叙述，使书中人进行谈话，也是一种"延搁"的技巧，可以增加故事的趣味。

在描写人物上，谈话也起到三个功用。第一，它能显露说话人的性格。第二，它能显露说话人的对手的性格。第三，它能显露被谈论到的人的性格。在写作谈话时，不要忘记了暗示的原则。谈话所传达的意思要超过文字表面的意思，即达到言外之意的效果。写对话的时候不是仅用来表示作者的技巧或人物的智慧。更重要的是，谈话应该推进故事的发展，谈话应该显示人物的性格。如果情节的形式只需要动作而不需要谈话时，若勉强用了谈话反倒不自然了。当然，有些时候是不用谈话不能解决问题的。假如想利用谈话来传达某种消息，最好是使两个人用问答的方式交流。不过事先要编造出一个合理的缘由来，使两个人恰好在某个时机下相遇，因而产生了很自然的谈话。

谈话是人物描写上一个有效的手段。因为最能表现人物的个性的方式莫过于他的言谈。假如谈话的人是书中一个主要的角色，则他的谈话必须还能表现出他行为动机的特性。很多小说家都没有使人物谈话显露出他们的个性和动机。你在写谈话时要常常这样自问：人物谈话的动机在那里？他是想要说话呢，还是想隐藏他的思想？他是想表示他真正的性格呢，还是想欺骗听者？他是不是很镇静，被困惑，想发怒，很害怕？别的人物对于他有什么影响？所有这些因素都能够决定人物谈话的性质。

谈话的节奏

按写作的普通的规律说，小说情节里的行为越猛烈、紧张，则谈话的机会越少。自然，像恋爱的事件，情绪热烈的戏剧场面，都是需要用谈话来描写的。但是有些较小的场面，最好还是采用摘要的方式叙述。大多数小说的谈话都不太多。因为谈话常常转移读者的注意力，这是谨慎的小说家所要避免的。初学写作的人常会写一些多余的会话，这实在是对于谈话的重要性和功能起了误解。谈话不可用得太少，也不要用得太多。当谈话的目的已经达到时，就要赶快停止了。谈话的内容除了一字不改地实录而外，还可以间接地报道，或摘要性地叙述。谈话如果在书页上堆砌成乱糟糟的一团，那完全是作者无能的表现。当你修正原稿的时候，如果发现有一大堆乱糟糟的谈话时，你当设法把他们拆分开来，使它们散在好几页或好几段里。

小说里的谈话和现实生活里的谈话

实质上，小说里的谈话不应该和现实生活里的谈话一样。

小说里的谈话是经过艺术加工后创造出来的。在日常生活中，任何人的谈吐都不能那样流畅，那样敏捷，那样圆巧，那样机警，那样刺痛。把现实生活中的谈话一字不改地抄录下来并不完全适合用于小说中的谈话，这和记录现实生活中的某些事件不能写进小说里是一样的道理。事件要选择，谈话也要选择。将现实生活中的谈话一字不改地直接套在小说中，所塑造的人物形象就显得太单薄。生活中的谈话对其预定的目标总不会以直线的形式进行，它总是迂回、散漫、不贴切、不连贯，充满了琐屑的插话和不系统的思想。这在小说的谈话中都是要尽力避免的。小说里的谈话和戏剧里的谈话一样，要力求简练，而且每一句话都要对于故事的进展有贡献。这是小说里的谈话和现实生活里的谈话本质上的不同之处。小说里的谈话又应当和现实生活里的谈话十分相似。凡实际谈话中不加整饬的情形，如破碎的文句、拖拽的语调、中断的口气等，在小说里都要尽量加以模仿和采用，这样塑造的人物才有现实感和真实感。总结起来，小说中的谈话是现实生活中谈话的精炼且理想的形式。这就是小说谈话的基本性质。稍微有点才能的作者都能使小说人物的谈话促进故事的发展，但同时又要使这些话和现实生活里真人的话很相似，这就太不容易了。此外，凡过于特殊的话也不要在小说里使用。譬如土语方言、不通顺的文句、粗野不雅之谈、稀奇古怪的发音，这些话只可加以暗示而不可完全说出来。

谈吐自然

小说中人物谈话的首要条件是谈吐自然。最优秀的人物描写，其所属小说里的人和实际生活中的真人的谈吐完全一样。有些历史小说中的人物的谈话非常夸张。近代的小说里要求人物的谈话要能反映每个人的个性。要想达到这个目的，就必须让人物说符合自己身份的话。凡是用字、音调、说话的态度、语句的长短，每人都有他的特点且是互不相同的。另外，有些无经验的作家，把谈话的语句写得很完整，反而使语言显得不够生活化。

现实生活里的谈话都有些拖拽的语调和中断的口气，要想使人物表现得谈吐自然，应当把这些拖拽、破碎、断续、中途插入的种种语调都收进小说里去，只要不妨碍主题的表达和人物形象的表现就可以。总之，小说中的谈话要自然，要适当、恰如其分，要有戏剧性，符合发言者的身份和性格，能和说话者说话时的情况相合，而且说话显得不费力，不生硬，很新颖，很生动，有趣味。方言、俚语不是不可以用，而是说从艺术的要求来看，其在使用上要有所限制。要想同时满足以上的条件不是件容易的事。

用方言、俚语来表现某地区语言的特色，或可表现未受过高等教育者的言谈，或可表现某特殊阶层或职业范围内的特殊语气。至于外国的俗语，如没有实际需要，最好少用。

谈话的规律

要想使谈话生动逼真，下面这些原则应当牢记于心：

（一）不要一直让一个人说话而另外一个人只是简短地发问而已。这近乎是一个人的自言自语，并不是真正的会话。

（二）言辞要简短。鲜活的谈话并不是长篇论文。

（三）文句要有破碎、省略和不完全的构造。

（四）对于纸上的谈话和实际生活中的谈话的区别，必须认识清楚。在小说里，谈话有时只是专门给读者看的，因此不能只是陈述人物都说了什么，还要描写音色、语气、表情等，以增强人物的形象，突出人物的个性。

（五）把"使人信服和有趣"也加在良好谈话的必要条件上。假如人物的谈话内容符合交谈者的性格，那就一定是能使人相信。假如那种谈吐很自然的会话，不必另外填塞就能促进故事的进展，那会话自然就有趣了。说得太多就容易使人厌倦，高明的作家总是善用“暗示”的法子，因为暗示可以获得“意在言外”的效果。

（六）谈话应当紧张、集中，给人机智、活泼的感觉。斯蒂芬·茨威格曾劝告年轻作家说：“把客观世界里的谈话记录下来，并不能成为小说中的谈话。小说中的谈话要集中在故事上和讨论的问题上。”

（七）谈话应该能显露个人的特征。如在一个广大的场面上，有甲乙两人谈话。这时就要利用音调、语气、姿势、态度或其他的技巧，使甲乙两人的谈话有区别。此外，写作时还要深入事情的内部，探查人物的内心，以便了解整个的谈话主旨。作者不仅要报告人物所说的，还要报告人物是怎样说的。人物必须用他们自己的态度说明他们自己的思想。有的人说话简洁，有的人说话冗长，有的人谈吐通俗，有的人措辞文雅，有的人机敏聪慧，有的人笨拙，有的人沉默，有的人话多。像这些个人特征，一定要通过对人物说话时的细微表现的描写体现出来。

（八）现实生活里正常的人虽不大自言自语，可是在小说里如果能苦心造出少量的自言自语，有时确实有助于故事的开展。不过自言自语也不可常用，常用则减弱故事的逼真性。

（九）小说里的谈话不可杂乱无章，它要被“经济”和“暗示”的原则所引导。小说里的谈话不是某一个人的自言自语。作者也不可将他自己的哲学和意见放进书中人的口里去。

（十）每一句谈话都要用下面这些问题来考验：它会增进戏剧性的冲突吗？它能显露人物的特征吗？读者对情节所需要了解的事情，通过谈话能说明吗？小说里的谈话要自然流畅，要有吸引力，要前后一贯，要活泼有生气，要有助于情节的推进，不可太拘泥形式。

（十一）引进书里的谈话至少要满足下面几点条件之一：1. 能显露说话人的性格。2. 能表示说话人对于别人性格的意见和评论。3. 谈话要发生在一个情绪激昂的关头。4. 说明先前的事件。5. 快速地传达信息。6. 造成戏剧性的冲突。7. 在小说中讨论与主旨相关的问题。

（十二）精彩的谈话几乎都能同时满足下面的条件：1. 能体现人物鲜活逼真的形象。2. 能与人物的性格一致。3. 能与小说中的文风一致。4. 能满足谈话以外的目的。

（十三）写谈话要同时注意下面几个方面：1. 写谈话之前，必先了解谈话的内容和性质。2. 作者必先明确自己所想达到的内容。3. 要向着一个确定的目标前进。

谈话的形式

根据我国最新的标点符号使用规范，每位人物的谈话都要写在引号内。长度如果在十行以上就要把它拆分成若干段。作者可以在引号外加上自己简短的描写，说明谈话者的姿态和音调等，这样可以使谈话显得更逼真、生动。不过插进的描写和说明必须很重要很有价值。其内容总离不开下面这几点：

（一）辨别清楚说话的人。

（二）描写说话时的姿势和态度。

（三）说话时伴随的动作。

（四）表示出说话时的断续口气。当然，最理想的谈话是纯粹戏剧式的：每一句话都能代表说话人的特征，都能表现出他的感情，最好是不需要再加另外的说明、解释或评论。

表示说话或回答的动词除“说”“道”“讲”等常用词以外，应该还要多用别的字来描写以求变化而不单调。譬如：宣布、赞同、责骂、埋怨、扬声、插口、嘲弄、坚持、脱口、默许、提议、声明、报告、重复、咆哮、吞吐、命令、奉承、谢罪、哽咽、口吃、叹息、呼号、劝勉、点头、规避、鼓励、催促、警告、指示、推测、批评，等等。

Part 7

情节的部署

情节的比重

（一）情节的来源。故事的情节也许来自作者自己的日常观察，也许来自作者的听闻和阅读，也许完全是作者的想象和创造。至于哪一种来源最好，很难武断论定，民间传说、史书上的片段记载、民谣民歌中的暗示等，有时都能成为情节的重要来源。这些来源甚至比实际经验和凭空想象好得多。

（二）情节和人物。我们一般把小说分成“人物小说”和“情节小说”，这种区分是对于极端的小说而言的。实际上，好小说多半着重人物描写。着重情节描写的小说在阅读时虽也觉得有趣，但是这种趣味若和人物描写比较起来，就幼稚肤浅得多了。情节的要求和人物的要求有时会发生矛盾。你的注意力如果多放在情节上，则“人物”有时要被迫为“情节”做牺牲、服务。你的注意力如果多放在人物描写上，则人物性格的紧张和发展有时也会妨害情节的结构和协调。伟大的小说家多半不愿忽视和牺牲情节。

若情节和人物没有相互依赖的关系，勉强地把它们拼接在一块，是错误的。小说家总要设计使情节和人物在故事的演变中交互影响。情节无论简单还是复杂，都要这样发生：有一些人，是这样的性格，为这样的动机和热情所驱使，来到这样的环境里，于是相互发生了影响和利害冲突。事件生根于人性，人性对环境产生反应。也只有用人性才能够说明事件的原委。假如为了情节，使一个人物做出和他自己性格相反的事情，这就是忽视了人物和情节的关系，这就是小说技术上最大的缺点。譬如，情节需要一段恋爱的插曲，而你让使一对性格不相合和环境不相容的男女去恋爱，这必定要减损故事的逼真性。考察小说的技巧就是要看情节和人物互相的交流亲密到什么程度。能把事件和人性用因果的关系连接起来，那才合乎优秀小说的技术要求。

（三）情节的趣味。情节是人物围绕着旋转的一个轴。情节中所包含的事件不一定都要惊心动魄。文学巨匠们虽然都利用他们的技巧去获得最大限度的戏剧性的效果，但初学写作的人如果不能使小说充满惊心动魄的事件，大可不必失望。在很多伟大的名著里，情节的趣味性都很轻微。怎样去部署一个情节，有一定的成规，要看小说家的才能是属于哪一类的。凡是前人所用过的，已成为大家都知道的一些老套的布局法，都要加以避免。凡是偶发的、暗合的、巧遇的、不近情理的、极端意外的种种事情，也要加以避免。在故事终结时，你应该把一切疑团解释清楚，把每件事情辨别明白，使最愚笨的人也能看懂。

伟大作品中的情节几乎都不大重要，不重情节的小说倒容易在文学上获得成绩。为什么巨匠们的名著在情节上没有很出奇的地方呢？这大概是因为情节对于人物性格的合理演变上有妨碍的缘故。一个固定有组织的情节将会强迫作者在人物描写上处处让步，借以使情节发展到它预定的结局。许多有才能的作者在起初写作时都走错了路。他们以为一个优秀的情节一定是包含着许多异想天开和奇奇怪怪的事。这种观念是完全错误的。如果人物描写很差劲，单有新颖的情节也不能受读者欢迎。而且事实上要想出一个没有被人使用过的情节结构是很难的。自己创造出一个情节来，你认为这是你自己的发明，但这大同小异的情节很可能在过去已经被别人利用过了，而且还被用过不止一次。

（四）情节研究的必要。在近代的小说里，情节虽已不如在19世纪以前那样重要，但是仔细研究情节的构造总是有益无损的。小说不能单是一众人像，它总要有个结构，能把主旨、人物、环境、谈话、动作、事件、形式等都拉拢在一块，不致彼此脱节。初学写作的人在结构上总不能完备展开。优秀的小说多半是作者先设计好了才动手写作的。当我们读这种小说时，总觉得我们是一步一地被引到某个确定的顶点去。长篇小说和短篇小说的结构在性质上有点出入，二者需要不同的技巧。长篇小说的情节需要强大的持久力，这是短篇的作者所缺乏的能力。一部长篇小说的情节是一个伟大的设计。它虽不必有戏剧形式，但作者要用延搁的手段把事件发生的次序做一种人工的排列，以便维持读者的兴趣直至结局。长篇小说必须特别注意事件的因果关系。这是情节的任务。这并不是说，当作者讲到一个结论时，马上要把原因讲出来。事实上读者有时要把全书读完才能知道原因所在。说明事件的因果关系就是小说和现实生活的区别。小说的情节是一个模型，其中的事件都是巧妙地彼此咬合的。现实生活里的因果线索非常松弛，并没有明确的结束，许多事件的发生都是彼此漫无关联的。初试写作的新手最好是采取折中办法。假如你的小说是纯粹写实的，其情节当然不需要用高度的人工来虚构。假如你在人物描写上没有什么特长或没有什么把握，你就应该用新奇的情节来弥补这个短板。不过要注意：假如以情节为中心，则你必须确信这个情节的结构可以满足你的创作目的。

（五）情节的类别。1. 简单的情节和复合的情节。简单的情节里只包含一个故事。只叙述一两个人在人生中的经历和演变。复合的情节里包含了好几个连在一块的故事，不过其中的各部分都是一个单一的整体。如果有三个人物夹杂在情节里，情节的交错可能更快、更复杂。其中两个人物对于第三个人物的态度可以立刻用来建立情节的新路线。其相互关系中夹杂着热情、恐惧、妒忌、危险、惊异、悔恨等因素。这些都可以被小说家利用来服务于书的主旨。2. 分析的情节和组合的情节。从叙述方式来说，分析的情节是一种倒叙法，由结果写到原因。莫泊桑的小说多半属于这一类。组合的情节是正叙法，从事件的起源一直写到事件的终结。萨克雷的小说多半属于这一种。从故事的趣味上看，分析的情节更为有效。3. 散漫的情节和有机体的情节。在散漫的情节里，故事是由许多分离的事件组成的，这些事件之间并没有合理的联结。故事的统一性的关键并不在于事件的结构，而在于书中一个中心人物，这个中心人物能把其他的因素都组织在一块。在有机体的情节里，各事件都能巧妙地互相咬合，好像一个一体的模型。不过这种区分只是一个大概的情形。由组成最严密的情节，到组织最松弛的情节，其中间程度的差别是很大的。结构严密的小说不一定就是技术高超的小说。真正优秀的作品倒是偏于散漫结构的。结构严密的小说有许多缺点：欠流利，太虚构，显然有生硬造作的痕迹，各种事件机械式地凑合在一块，其过分巧合之处使我们难以相信。

情节的规律

（一）选择和整理。情节的部署就是小说的基本计划。在开始实际写作以前，你要完成整个情节的布局。这并不是要求你一定严格地根据你事先想出的情节结构来写作。假如你后来想出了更好的修正案，当然可以改变原来的计划。把现实生活照搬到书上，而没有经过审慎的排列和合理的塑形，是不能写好小说的。小说是一种生活的精练。精练就是技术的方法和手段。小说家用自己的方法提炼生活，从纷繁的生活中选取要点，再把这些要点根据一种因果的模型排列起来。你如果想到一个好的情节，不要马上就把它用尽，要把它拖长了去写。所有的事件最好能慢慢地展开，不要马上披露得太多。有几个事件就可以把一章填满了。小说的技巧就在于能把事件逐渐地扩大，能使读者对故事悬念产生猜想而渴望知道最后的结局。

（二）主旨的集中。你的注意力要集中在你的目标上。凡是不能直接或间接对于你的目标有贡献或有帮助的事物，都要去除。你写作的时候应当时刻把故事的首尾放在心中，要从适当的起点开始，一直走向预定的目的地。凡与整个故事的因果无关的事情不要写进去，不能帮助故事发展的事也不要写进去。每一件小事都是前后大事中间的一个环，它把许多事件连成一个锁链。书中任何人物的谈话都不可超出了这个故事的范围。在小说的每一章、每一页、每一句上面，都要反映出这个故事的中心思想。处女作的最大毛病就是其中“废料”太多，这些废料是应该摒除的。假如任何地方有一个字不能起到相应效果，最好把这个字取消，这样全书倒可更为圆满、清晰。

（三）布局的方法。作家应该把故事的收场作为观点，从后向前，倒着把整个情节布置停当，不能自前向后地布置。凡是对于故事的收场没有贡献和没有帮助的人物与情节都要取消。当你握笔写作时，脑筋中就要确实地知道将来要发生的是什么事，将来不会发生什么事。凡你所写的一切必须趋向于全书的结论。有些初次尝试写作的人，对于事先布局认为困难麻烦，为省事起见，想到一点意思，马上就去写，以为这样一边写一边就可以布局设计。这实在是大错特错。假如你对于故事的结论尚不清楚，怎能断定某件事情是否合理或是否对全局有贡献呢？

（四）其他的要求。1. 使人物和情节达到平衡。若把人物束缚在非常严格和复杂的情节上，这种严正性毁灭了人物的性格；如果使人物有太多的自由，这种流动性又可以毁灭故事的完整性。有天分或经过训练的小说家会找到折中的办法。2. 情节要有戏剧的连续性。不要使你的小说支离破碎，成为许多孤立游离的事件。3. 神秘可以增进故事的趣味，对比可以强调人物的描写，这两种技巧可以常用。4. 书中要有一种哲学思想，也就是一种对人生的看法。不过这种哲学的意味须暗含在字里行间，不可公开明显地讨论。5. 小说的结构要力求简洁和紧凑，不要趋于浮泛，不要无端地扩大，不要填塞不相干的描写。6. 有故事就有竞争。作者应当利用竞争来增进故事的趣味。竞争的种类有五种：人和物质世界的竞争，人同人的竞争，人同社会的竞争，人同自然界潜伏势力的竞争，人类本身内两种不同性格的竞争。7. 要设法加重叙事上的语气。加重语气的方法共有十二种：利用末尾，利用开头，用停止法，用直接比例法，用反比例法，用反复法，用对照法，用顶点法，用出人意表法，用延搁法，用模仿的动作。

情节的展开

（一）展开的次序。我们把情节的展开分成首、体、尾三部。“首”部所研究的是在故事开始的时候，应用何种方法才能激起读者的兴趣；“体”部所研究的是如何利用延搁的手段，来继续维持读者的兴趣；“尾”部所研究的，是应用何种方法，使读者对故事加以留恋或得到满足。至于事件在小说中出现的次序则有三种不同：

第一，故事顺着时间的次序，叫作直线叙事法。（其变形则有：省略开端的一部分、省略中间的一部分、省略最后的一部分。）

第二，故事逆着时间，由后向前倒着展开——侦探小说常用这种方法。

第三，混合的次序。此法有各种可能的组合：为使结局令人意想不到，把中间省去的一段情节移植到最后；为求时间和地点的集中，颠倒几个阶段、次序。

（二）小说的开端。故事的开端要有趣。成功的短篇小说都以行为动作为开始。但大多数的作品的开端都会描写一点风景和人物，或做一点必要的说明和介绍。推进故事发展的是行为，所以作家应该尽早发起动作事件。假如景物影响动作，该景物应该在故事开始的时候就描写出来。同理，人物的出现也是这样。作者如果在开始的时候就发动戏剧性的惊人事件，可能会变成“高潮”，造成以后的故事趣味大减，反而弄得头重脚轻了。读者在故事开头所要求的是行为的潜在力量，他的兴趣都寄托在将来可能发生的事件上。假如读者看到目前的形势可以引起有趣的发展，他就会渴望继续读下去。因此，你不要在小说开始时就用一个动人的事件阻碍了趣味的逐渐开展。

你应当在故事的开端把人物置于某种环境中，逼得人物一定要采取行动，而这种行动的成败难以预测。布局的胚胎就是要有一个不稳定的情况，在这种情况下，人物间彼此的关系和人物对于环境的态度是肯定会发生变化的。故事一开始就要假定读者对于以前的环境都完全明白，把没有趣味的情节略去，立刻在你故事的基础上前进。当你引进人物时，人物应当已经在行为事件中。当你引入故事时，故事也应当已经在进行中。你要在极端有戏剧性的时机发动故事。一开始就要引起读者的兴趣。把读者卷在一个趣味的浪头上，使其欲罢不能。要精心布局开始的场面，尤其要引起读者对于书中主要人物的兴趣。故事的开端要轻快、活泼，且要和全篇的故事成比例、相调和、均衡相称。不要在故事的开端装载些笨重庞大的报道，消息只能逐渐地供给。在故事的开端，读者还不能欣赏故事的大意时，你如果加入些冗长而使人厌烦的说明，是很不明智的做法。只有绝对重要的消息才可放在故事的开头来叙述。要知道，以后详细解说的时机还多得很！小说的开端如果表现得好，可以使读者自己产生许多问题："主人公能够完成他的功业吗？这时候主人公又将采取什么行动呢？"使读者感受到这些问题是很有必要的。

（三）小说的本体。故事由首至尾进行时，你必须拿出事实和思想，使读者一步一步向结论行进。但同时你也不可使读者和结论接近得太快，你要时时设法把读者拉回来。这里所要注意的就是全书各部分的比例和故事发展的速度。不过在比例保持不变的时候，情节推进的进度仍可以加速或延缓。小说的主要技巧就是用延搁引起读者的好奇心。使人好奇是一种刺激性的作用。奇事不可过于复杂，以致使人难解。延搁也不可拖得太长，以致读者失去兴致。延搁的中心要点是“不确定”，就是使读者不能够预先明确地知道将要发生什么事。若没有这种使人期待的因素，小说的情节设置是不成功的。延搁可以使情节迟缓进行，可以使读者慢点到达目的地。我们如果把小说的开端比作一个钩子，则延搁的手段就好像是一块磁铁，它能把读者紧紧地吸住。延搁的作用是凭借好奇心、恐惧心和忧虑不安的心而造成的，但延搁的最后必须水落石出。作者可以用各种写作手段使读者期待，但不可使读者空等一场。假如你安排了一连串有趣的事件，到最后必须说清楚，奇怪的终结是技巧上的大忌。你可以把某个人物隐蔽在神秘黑暗的幕后，但最后你一定要拉开那个幕帘。如若不然，你就是欺骗了读者——读者对于蒙混欺瞒他的事一定不高兴的。

延搁可以从故事的开端开始，或从开端的近处绕行起来。有时也可在“高潮”的场面上开始运用。在戏剧性的高潮及斗争的转变点以后都可以运用。把延搁的手段运用在人物或情节上，有六种方法：

第一，最普通的方法是把主要人物放在一种困境中，然后又去叙述另外一个枝节问题，而把主要人物的事搁置起来。爱伦·坡常用这种方法，他的方法包括三个阶段：1. 先把人物置于一个危险的境地；2. 对这种危险加以科学的说明，或用其他方法在此逡巡；最后才说明人物摆脱困境的方法。

第二，用转换观点的方法来施行延搁手段。你可以从甲的观点来叙述甲乙两个人的故事。先使甲做某种能引起读者兴趣的事，然后再转而去说乙的故事，使读者对于甲的故事暂时进入等候和期待状态。与此相反，你也可以固守一个叙事的角度，只说甲所知所见，对于乙的情况则让读者暂时等待。到后来甲对于乙的事情都知道了，于是读者对于乙的事情也就都知道了。

第三，利用预兆，对书中故事里即将发生的事情给读者一种暗示。读者的好奇心被激起以后，会更渴望得到满足。

第四，作者可以把重点放在一个人物的身上或一个有趣的线索上特别着重描写，而这个人物和线索是读者当时所不太重视的。这样也可以暂时达到延搁的目的。

第五，利用危险和尖锐的冲突。

第六，引入新话题或道德哲学的反省、评论，但不可分散了故事主题。

（四）小说的结尾。小说的结局应当在事前就计划好。结局没有计划好以前不应当动笔。有价值的布局都是在握笔写作前从开端到收场已详细设计好的。你只有把故事的收场常常放在脑海里，才能使情节有首尾连贯的感觉。如果事先没有严密的计划，以为可以水到渠成，就注定要失败。你应当明确地计划小说的结局，制成粗略的摘要，使小说在比例和形式方面都匀称。优秀小说的首尾都有密切的联系，这种联系只有在事前把两者同时计划出来才能获得。故事的进展决定于收场。你应当倾其全力与技巧达到求完美的收场。你把故事的收场放在心中，就知道如何一步一步逐渐把故事引到高潮去。理想的结局一方面应当合理，另一方面还应当包含些意料之外的因素。理想的收场应是“意料之外，情理之中”。

小说的结局可以分成两部分：高潮和收场（或大团圆）。其余的各部分都要对这两方面有所贡献，都要引到这两方面上来。高潮是事情的极端，是故事的紧要关头。没有高潮就没有小说了。过了高潮以后，大结局应当很快就达到，不使人察觉地就把人物遣散。一切散漫的线索都要交代清楚，即使是次要的人物也要简单地加以处理。最后，作者要把整个故事很巧妙地集中在读者的印象里。为此，全书里所有的人物都有一提的必要。

实际的终结常常只是一个哲学的附会，只要一句话就够了。通常是把书上的要点、主旨、道德观念等总括起来。不要急于下结论，一个蹩脚的结局将糟蹋了整部小说。仓促的收尾常使读者不满，读者会觉得这种小说是粗制滥造的作品。假如在结尾时还需要说明，应当说明得很爽利、很巧妙。不要用冗长而讨人厌的说明来损坏了“高潮”的趣味。过了高潮，故事已经完结，马上就要停下来，不要再窥视人物的将来。

情节的技术要素

（一）说明。在故事开始时，把行动的环境、人物的相互关系、过去的事、目前的情势，凡为了解情节所不可缺少的，都加以说明。文辞要力求简洁，最好能用戏剧的方法，把行动和说明联合起来。故事也可以以会话或行为为开始。对于过去事情的说明可以用回想法追溯。最具有艺术性的方法当然是戏剧的方法，用暗示说明细节，而不致阻碍行为的推进。

（二）兴起。兴起是把故事由开场引到高潮上去。这一阶段的事件开始发生冲突，使得故事能继续发展下去。这些一连串事件的排列，使人读起来越发觉得紧张和重要。高潮不能勉强获得，它必须是以前所有事件发展的结果。故事包含许多阶段，是用因果的关系将之连在一起。戏剧的方法是把许多阶段分成许多幕；小说的方法是分成许多章。章以内当然还可以再加细分：如用星标隔开，或用较大的空白隔开。即使没有这些外部的分隔，小说内部的结构总是要这样的：在两章之间的许多事件应当供读者用想象去填补。两个重要事件中间所经过的时间，其处理方法非常简单，完全略过不管就行了。年轻的小说家都喜欢做些摘要的叙述，那实在是无趣之极。另外，引到高潮去也有一个时间的因素。当读者的好奇心被激发起来以后，如果把他所渴望知道的消息扣留不放，则他的好奇心更加增强。当读者对一种情势的可能结果产生兴趣以后，还必须假以时日，使读者的兴趣得以增长和发展，直至读者有了接受高潮的准备，才能将高潮展现给读者看。

（三）错杂。它包含着主要事件所引发的斗争和一连串其他的小斗争。新事件、新人物、新动机等被引进故事里以后，错杂就开始了。这时有相反的因素起了冲突——也许是人与人的冲突，也许是人与外部环境的冲突，也许是同一人物两种动机的冲突。既然有两种势力的冲突，则必有紧张点或高潮来决定胜负。在每个故事里都有一个转折点或高潮。引到这高潮来的动作就是兴起和错杂。这时候，延搁的因素就起了作用。原来的趣味逐渐增加，而读者的好奇心不能得到满足，他需耐心等待。情节错杂到什么程度还不致使读者迷乱，这是一个很难确定的问题。若把拉丁族的小说家和条顿族的小说家比较起来，拉丁族的小说家对于故事的统一性有更大的掌控力，他们作品形式的构造都较为简单。条顿族小说家，如狄更斯和萨克雷的小说可以说是竭尽复杂之能事：引进人物的数目非常多，次要情节也很繁杂，故事推进的时间也拖得很长。

（四）高潮。高潮又称顶点或极点。它是把胜利的潮流转向于目的地的事件。读者阅读至此，就知道人物命运的转折点已经来到，或成或败是不可避免的了。高潮的本身应当写得愈快愈简明才好。假如事前准备得充分，就没有详细叙述的必要。假如你一定要解释它的重要性，倒要让它失去效果了。若非详细解说不可，那完全是因为在兴起的阶段里处置得不适当、不纯熟的缘故。有的小说里有双重的高潮，在侦探小说里尤其如此。因为侦探小说里实在是有两个趣味，一个是对神秘的解答，一个是叙述侦获结果的推理过程。还有一种，起先出现了一个假高潮，后来又出现一个真高潮，因而更令人拍手叫绝。

（五）降跌。跟在高潮之后的阶段叫作降跌或解脱。在短篇小说中这一阶段叙述得很简短。有的小说，其目的在于表现人物生活中的紧张点，所以高潮的效果不仅依靠以前所准备的一切，而且也依赖结论和收场的处理。一个长而拖延的结论充满了不必要的说明，结果会造成“反高潮”或虎头蛇尾的形势。在许多最有效率的故事中，高潮和终点是同一个。降跌阶段是没有的。如果需要一个结论，下结论时要说得越简略越好。通过研究成功的小说，我们就可以发现，其结论都是用几个字就可以说完的。若一定需要详细说明，那完全归咎于布局中有缺陷。弥补这一缺陷只有从头把布局再加修正才可以。

（六）收场（或大团圆）。对收场做技术的处理，戏剧和小说有个区别，戏剧一定要利用外部的行动，就是把最后斗争的形势外部化；但是小说只要加以提示就够了。有些擅长心理描写的小说家这样主张：既然现实生活里很少有戏剧性的收场，则小说里最好也免去这样的收场。小说里的人物继续生活，好像是没有遭遇什么特别的事。小说不过是对人格做一种新的透视，对自然界和社会做一种新的描写，这些都已经足以满足读者对答案的期待了。

（七）时间的处理法。描写时间的经过普遍被认为是小说艺术中最难的事。如果想使时间的转变不太引人注意，最好是将时间的转变安排在每章或每节的中间进行。不要在每章的开头、末尾或其他显著的位置使时间发生转变。在写作时，你可以依照日历的时间顺序，也可以不依照，总之，要以能增进故事的趣味和增加读者的渴望为原则。如果布局上需要使几个人物在相同的时间、不同的地方有所行动，那就要想出一种妙策，对两个地方的人物轮流地进行叙述。如能想出一个合理的借口，使一个人物用信件、日记、谈话等形式叙述他自己的经历，那是最好不过的了。

（八）次要情节。有时布局虽然很好，但不够复杂，不足以写出数十万字的内容。救治的方法就是要想出些新的话题来，卷入些读者已经熟悉的人物，借以扩大情节。这种附属的情节只是大情节的反映，是联络在主要情节上的。

Part 8

叙事的观点

叙述的方法

在小说写作的技巧上，最头疼的问题是叙事的观点问题，也就是叙事者和故事本身的关系问题。所谓写作的技巧就是有一种把许多小说的原料组织起来，使其有戏剧上或情绪上的最大效果的能力。小说计划制订好后，作者就要决定用什么观点把故事说出来。所谓选择故事的观点，就是选择由谁把这个故事告知读者。叙事的观点限制了作者所用的材料，而且也决定了事件出现的次序。选择最有效的叙事观点实在很有必要。

叙事的方法有三种：1. 自传体的记叙法：由主角自述；由配角或旁观者自述；由报告者自述。2. 历史的记叙法：用客观的或戏剧式的态度；用无所不知的态度。3. 文件的记叙法：用信函；用日记；用其他文件。文件记叙法容易显得伪装、笨重、令人生厌，难以使人信服。有时一篇小说是用许多方法混合写成的。把故事拆分开来，由几个不同的观点叙述，上面三种记叙法可以同时并用。

自传体的记叙法

自传体的记叙法，又称亲身记叙法，或第一人称记叙法。你可以用第一人称把故事写出来。记叙方式可以有三种不同的方法：1．自述者可以是剧中主角，是故事的中心人物。2．自述者可以是一个配角或从旁观察者。3．自述者还可以述说由别人那里听来的故事。这种亲身记叙法有很多缺点。小说家写作时很受限制，只能展现自述者的所见所闻和所感。这种以“我”的视角和观点来看待的世界，会显得思想狭隘。

但是这种记叙法也有好几个优点。它能使故事显得格外真实，可以增加读者的兴趣。因为自述者明言这故事是他的亲身经历，读者当然容易相信。当作者以“我”的身份出现在故事中时，容易与“我”为伍，一起探寻未知的道路，这种附带来的参与感，很容易把读者牢牢吸引住。

当你用亲身记叙法而同时又以主角的身份在书中出现时，要特别注意，第一人称的观点不能表现得一直很有预见性，否则缺少了悬念，会使读者逐渐减少阅读兴趣。从配角的观点做亲身的叙述，可以使读者在想象中认为这事是真正被人目击的。作者如以报告者自居，讲述他听来的故事，这对读者也有一种魔力。第一人称的小说虽很普通，但有许多技术上的困难，是无经验的作者难以想象的。按普通的规则说，只有下面的情形才可以用亲身记叙法：1. 小说很滑稽，存心讽刺讲述者。2. 在小说中有一个普通的人被放在不同寻常的地位。3. 作者想和读者建立亲密的关系，想获得读者的同情。4. 情节非常奇特，你也可以用第一人称的写法。因为这种记叙法更能使人信服，更易使人接受。它能使读者的注意力集中在非同寻常的事件上，而不是集中在个人的人格上。

历史的记叙法

历史的记叙法，又称非亲身记叙法或第三人称记叙法。用这种记叙法时，你可以仅仅分析一个人的思想和感受，通过一个人的视角和意识将故事表现出来，你也可以很审慎地从不同人物的观点来讲述故事。第一种方法可以保持故事的统一性。第二种方法如果处理不好，就容易分散主题，也容易使读者理解混乱。这种方法非常考验小说作者的逻辑性和统筹能力。

用历史记叙法时，你还可以采取客观的或戏剧的态度。剧作者不能立于剧中人和观众之间，把剧中人的思想和感情说明给观众听。剧作者必须要让剧中人自己来表现他们自己的思想和感情。读一本小说和看一场戏是一样的，书中人物和读者之间，不需要一个念旁白的人。

用非亲身记叙法，你也可以采用无所不知的态度。你不但知道人物的言行，还知道人物的情绪、感受。你可以深刻剖析人物的内心世界。不过书中人的心理分析最好只限于一个人物，让其余的人通过自己的言行将思想表现出来。如果你同时分析许多人的心理状态，小说的趣味和整体一致性必受减损。

近代小说多半是用非亲身记叙法写成的，而且小说家都充分利用他们“无所不知”的权利来达到目的。尤其在侧重心理分析的小说里，因为人物间的斗争是常表现在内心世界，所以更不能用戏剧的表现法。小说家采用“全知全能”的态度写作并非错误，只要运用得不越过艺术所限的范围就是合理的。不过若滥用或妄用，结果一定会产生缺陷。年轻的小说家多半倾向于超越艺术的限制，自由挥舞“全知”所赋予的一切权利。须知，分析人物的思想和感情只有在促进故事的发展时才能运用。小说是一个故事，心理状态的分析不可过多。

要想免去“全知观点”的缺陷，就要严守故事的整体一致性。所谓保持故事的整体一致性，就是先决定叙述谁的故事，然后再以这个人为中心，将其余的时间和人物都围绕着这个人物来叙述。这个人物不一定就是书中的主角，主角是请出来解决问题的。譬如，书中的主角是一个参与选举的政客，但是他的事很适合从他妻子的角度叙述出来。他的妻子可以不参加选举活动，甚至可以不出现姓名。但是在这个故事里，只有这位政客妻子的思想和感情可以被作者分析和解剖。

观点的转换

一旦选定了一个叙事的观点以后，你最好就固守这个观点，不要转换。如果故事先以一个人为中心，将一切事件都围绕着这个人叙述出来，但以后又转变以另一个人为中心，将事件又围绕着这个人叙述出来，这样就造成读者一会儿承受这个人的心理状态，一会儿又承受那个人的心理状态，这就违反了观点的整体一致原则。如果转换观点所得的利益比所失的利益大，那自然可以转换观点。经过训练，有经验的小说家都会很小心地选择观点。如果之后转换观点并无特别利益，他决不轻易转换。但无论是固守叙事的观点也好，或巧妙地转换观点也好，技巧熟练的小说家都是要加深小说给读者的印象，这就需要同时保持事件、环境和人物的整体一致性。

Part 9

故事发生的“环境”

环境的内容

广义地说起来，所谓“环境”要包括下面三个内容：

第一，故事发生的时间和地点。

第二，事件发生的现场和背景。

第三，凡可决定人物语言、行为、态度、习俗和生活方式的社会环境及人物周围的情况。

（一）时间和地点。故事发生的时间和地点如果不能影响行为和决定行为的话，是没有什么重要性的。行为场面的时间和空间如果都是辽远的，则行为和环境必须和谐一致。因人们在地理和历史知识方面的增长，使我们不能胡乱描写些地方和情况。凡我们没有实际经历过或没有彻底研究过的地方和情况，我们都不能随便加以描写。

（二）故事发生的现场和背景。这是比较通俗和狭义的“环境”，和戏剧上的舞台背景相类似，也是行为发生时的实际物质环境。在小说中描写景物，如果能使景物和故事发生和谐的作用，能把作者想达到的情绪上的效果增强扩大，则这种景物描写不是没有用的。有些年老的人，喜好在深夜昏暗的灯光下讲可怕的鬼故事给孩子们听。这虽是一种陈腐的伎俩，但由此可以看出，世人都本能地认为景物和行为要和谐一致。

（三）社会环境。社会环境当然是环境中最重要的，因为社会环境最能直接、透彻地影响行为。假如作者描写矿工、大学教授、牧童、水手、工厂工人、时髦女郎等，最重要的并不是服装和景物，而是每种人的心理特质和社会习俗等。如果把一位大学教授的举止描写得和牧童一样，那就大错特错了。人的职业、理想、知识、所在的社会等，都能决定他的言谈和行为。从这种意义上说，“环境”实在是小说中不可分离的一种元素，它被编织在情节和人物描写的结构中。近代小说注重分工和专门化。每一部小说专门表现一两种社会情形。有描写海上生活的小说，有描写军队生活的小说，有描写农民或工人生活的小说，以及其他等。小说的性质也有按风土和地理而划分的，所以有许多不同的“地方小说”。这种小说的吸引力，就在于能把某些特殊地域的生活样式描写得美妙动人。

故事里的行动不但要和人物发生关系，且要和环境发生关系。狄更斯在写《双城记》之前，脑中并没有明确的人物和情节，他只想象到那个动摇和纷乱的时代。他脑中对当时的环境先有了这种印象，然后再创造出人物和情节来，便和那个时代的环境和谐一致。他把那个时代的恐惧、希望、苦闷，以及革命的情绪等，都融入他笔下的人物和事件上。据说他在写作之前已经把阿历克西·德·托克维尔的《旧制度与大革命》装在衣袋里好几个月了。另外，人物同环境的关系也不是单方面的。人物同环境相互交流，在矛盾中发展。人物在环境中行动，环境固然支配了人物，但是由于被支配而产生的反作用，能使人物破坏传统的束缚而做出改造环境的行为。所以描写环境时应当以人物的行为为中心，从人物动作各个不同的场面去寻求适宜的氛围，这才是活的人物和活的环境。凡能帮助人物产生合理的行为，符合情节氛围的景物都要留下，否则就该删去。

环境中的景物

（一）布景的功效。景物若不能直接影响行为或增强效果，则不应当加以描写。写小说并不意味着可以毫无边际地描写，描写的环境不但应当影响情节的演进，也要决定事件的性质，这对于记述某些职业或手艺的小说尤为准确。这时布景能赋予整个作品以深度和一致性，甚至布景有时可以增强全书的主旨。

描写环境并不是把实际的景物毫不改变地抄录在书上。天才作家多半把平常的山川、市井等用想象的力量稍加改变。

简·奥斯汀不大注重描写故事现场的环境，但巴尔扎克和狄更斯则特别喜欢对街道房屋做仔细的描写。小说家不使布景和故事发生关系，直接用自然界的景象，也不是绝对不可以的，不过最好能把布景和故事紧密地联结起来。两者联结的方法，或用“对比”，或用“同情”。同情是使外部的情况和人物的行为及心境相调和，这种方法的使用很普遍。对比，可以显出自然界对于人类的悲欢离合的漠不关心。这种讽刺性常能减轻悲欢的程度。

（二）描写景物的技术。描写景物并不是件容易的事。学写小说，你就必须耐心练习，才能养成应用的能力。你要练习用画家的眼光去看图书，用建筑师的眼光去看房屋，用音乐家的耳朵去听音乐。福楼拜说：“你要去描写什么东西时，必须十分专注地将这件东西观察得很久，直到你能在这件东西身上发现些特色，而这些特色是前人从来没有看见过或说出来的。”同时，你不可过于重视景物描写，因为景物只是故事的背景。至于景物描写的语言深浅，以能使读者立刻了解为原则。如果读者对于文中描写的词语不能明其意，而需要查字典时，则描写所构造出的幻觉美就立刻被破坏了。景物描写也不可过于冗长，也不可过于沉闷。作家描写的目的是要使读者对于描写的对象有如亲自看见、听见、嗅到、触到或感觉到。若以此为目的，则应当用不平凡的词语，不要用那些不能传达印象的词语，要设法常常向读者的感官进攻。

（三）风景描写法。地面上的景物可以影响人物的心境。同样，自然风景描写在故事情节的演进上也有很重要的任务。许多近代的小说家都看重风景对于人物生活的影响。有的人住在草原上，眼看着一望无际的原野；有的人住在肥沃的禾谷地带；有的人住在荒凉贫瘠的松林里……这些人当然都要受当地风土的影响。有的小说里，自然界的力量显得非常大。山、川、湖、田，不仅是一种装饰品，而且是故事中的主要部分。这时当然要加以详细描写。有时候，风景描写只是为了使故事更逼真，使我们对于作品中正处于紧要关头的人物有更清晰的印象，或者仅是绘一幅动人的图画。有时这种逼真的效果是用

“对比”或“和谐”的技术原理实现的。

风景描写的必要性有三：

第一，如要保持故事的逼真性，则凡是故事进程中所有的重要东西，不管是有生命的，还是无生命的，都该描写出来。

第二，描写的文字有时很有美学上的价值，那么即使是脱离了小说的上下文也可以单独存在。年轻的作家不要依赖这种方法来得到小说的功效。

第三，小说和现实生活一样，不同的环境对于人物有不同的影响。现代的小说家常分析人物所处的环境，想探查他们的思想习惯养成的原因。但描写不可太长，不可太累赘，不可使人厌倦，最好常常用些小小的暗示，把重要的印象记录下来。

在18世纪初，还没有什么值得一提的风景描写。但在笛福[①]的《辛格尔顿船长》里，却有一些优美的风景描写。到了18世纪末，浪漫主义掀起了高潮，小说家们于是对于自然界的

① 笛福：英国小说家，被誉为“英国小说之父”，代表作有《鲁滨孙漂流记》。

景色产生了浓厚的兴趣。19世纪的风景描写以狄更斯为起点，但在与狄更斯起名的萨克雷的小说里是很少见的。到了后来，在乔治·艾略特、勃朗特姐妹，以及托马斯·哈代[①]等人的小说里，常常有整章的风景描写。屠格涅夫[②]和普希金[③]常能把风景描写得很合适附属在人物的因素下，这实在非常动人的表现法。

（四）历史小说的布景。历史小说的趣味在于能把过去时代的生活逼真地再现出来。历史小说家的任务是在史实上加入充满想象的故事，使读者读起来并不觉得有学究气。这种创造力在历史小说中被认为是最宝贵的。司各特笔下的中世纪英国，充满了他自己的想象，具有无限的活力和变化，这或许与当时的时代特征并不吻合。但是他的历史小说非常受读者欢迎，读者并不介意他书中描绘的氛围有异于当时的流俗和情

---

① 托马斯·哈代：英国小说家，代表作有《德伯家的苔丝》等。

② 屠格涅夫：19世纪俄国批判现实主义作家。主要作品有《罗亭》《初恋》等。

③ 普希金：19世纪俄国著名诗人、小说家，现代俄国文学的创始人。代表作有《上尉的女儿》《杜布罗夫斯基》等。

调。后来有人责备司各特，就是因为他常常弄错了年代。历史小说家也应该负一点历史学家的责任。

（五）天时、气候。如能将天时和气候运用得好，也有助于小说的整体效果。在小说里和在舞台上一样，闪电和雷鸣都能对情节产生影响。小说对于气候的运用更有伸缩和弹性，它可以把各种不同的气候都细微地区别出来。譬如：呻吟的风、如怨如诉的风、令人愉快的风、毛毛细雨、倾盆大雨，等等。在现实生活里，我们因为对于天气不能加以控制和精确的预测，所以我们的计划常常因此遭受挫败。在故事里，人物的行为也常常被气候的情形所牵制。戏剧上常常用气候来衬托事件，常看戏的人知道：如果有大雪的布景，就预示着女主人公一定要被他残忍的父母逐出家庭了；如果有闪电和雷鸣的布景，不久一定有悲剧发生；如果有夏夜、月光、玫瑰花棚的布景，一定有一段恋爱的故事要发生。一年四季，春、夏、秋、冬，一日之间，晨、午、昏、夜，漆黑的夜，有月光的夜，闷热恼人的炎夏，寒风刺骨的严冬……所有时光流转，气候转变都可以是影响人物的情绪而形成行为动机的要素。

（六）地方色彩。有些小说里没有什么布景，或所用的布景很少，或对于时空的概念很浮泛，而这类小说同样能收获很好的效果。把莫泊桑的《项链》放在欧美的任何城市里都不违和，只需要把几个街道的名称改一改就行了。与之完全相反的就是有地方色彩的小说。在这类小说里，某地域所有的特殊情况在小说里有支配的力量，所以这个故事不能移植到别处去。凡是描写某地方特殊情况的小说就称为有地方色彩的小说。近代的精密观察精神使许多小说家喜欢在作品中加入些特定地域的色彩。盛行的社会思想和根深蒂固的社会制度，也可以成为小说作品中的背景。比如，司各特是批判封建主义的小说家，马克·吐温[①]则是批判现实主义小说家。其他如爱国主义、宗教生活等，都可以成为小说“环境”的骨骼。

---

① 马克·吐温：美国小说家，代表作品有《百万英镑》《哈克贝利·费恩历险记》《汤姆·索亚历险记》等。

Part 10

风格和文体

内容和形式

现在我们要讲创作出优秀小说的最后一个步骤，那就是作者对于形式的选择，作者对于文字的控制力，也就是作者的写作才能和技巧。散文体小说的形式很有伸缩性，它易于适应变化的需要，如咏史诗和抒情诗。而戏剧里所有的严正规律，是不必应用在散文体小说中的。即使选定了小说形式，也还有无限可能的变更和伸缩，因为小说家的表达能力各不相同。风格艺术的程序和其他程序一样，起初对材料加以选择，然后再依照一种模型，把这些材料排列起来。选择形式和选择材料需要同质的本能。浪漫主义时代和自然主义时代都认为内容较形式更为重要，但是从小说的历史上看，在任何时代中都有与之态度相反的倾向：把内容附属在形式之下，想要通过“符号”来获得“效果”并不完全依赖表现的对象。不过仅仅以一种因素来表现效果总是有缺点的。历史上流传久远的、拥有广大读者的小说，都是在内容和形式上有密切的配合：这两种因素深入到作品中并融合起来——这种配合当然是出于作者的本能。在有意识的选词择字之前，这种配合和融合的过程已经完毕。写作的技巧同创作的智力相比，其进步既快又容易。小说家面对的根本问题是双重的：

第一，他必须说什么话？

第二，他必须怎样说话？

凡有伟大成就的小说家都能极早回答第二个问题，但对于第一个问题的圆满答复总是很迟。

可传达的要素（文辞的美）

（一）选词择字。小说的主要单位是词语，文句是一个个词语联结而成的。你应当充分发挥每个词语的最大效用，应当不辞辛劳地寻求最合适的词语。在习作期间，凡是优美、新颖、精确、有节奏，以及其他有价值的词语，都要留心。词语要力求简洁，文辞的次序要合理化，起承转合之处要圆滑流利，思想要清晰，音调和谐，音色要有变化。无论我们所说的是什么事，我们必须寻求适当的名词、动词和形容词。严格地说起来，同义词可以说是没有的。同一个意思是不能用两种不同形式的词语表述出来的。优美的文学作品中，没有一个字是赘余的。字数不可增减，而字的前后次序也不可颠倒。这种理论说起来很容易，实际施行时非常困难。在这成千上万的字当中，要想选出一个最精确到位的字出来，这事当然很困难。

（二）获得优美文体的途径。在一连串的文句里，表示重点意思的词语的位置应当常常改变：有时放在句首，有时放在句尾。而且要经常注意这些事：音律要常有变化，相同的意思要合为一组，每一段都要合乎统一、选择、比例、次序、变化等的规律。这些规律都是优美文体的管制者。作者的文字最好力求简洁，采用最朴素的形式。文辞要排列成最自然的次序。不要用稀奇古怪的结构，也不要夸示不自然的警句，矫揉造作、陈词滥调是肤浅的。最要紧的事是清晰，万不可使读者对作品迷惑不解。假如作者自己对作品了解得很清楚，他一定能够用明白的言辞说出。假如他不愿意这样做，他必须启发读者理解这充满奥妙的文辞，使读者在思索之后不感失望。假如文辞暧昧中所包含的是平凡庸俗，那是最令人讨厌的。选用恰当的词语，构成有力的文句，这种技巧可以由练习得来。用最优美、最纯净的散文做范本，加以模仿和练习，即可达到此种目的。多读诗歌也可以使你的文体趋于美妙。散文作者最易犯的毛病是好用陈词滥调。你应当用自己创作的语句去发表观点，不要用现成的旧有的词句。要用自己的眼睛观察生活，不要用已存在的意见代替了观察所得的结果，要用创始性的词语把自己的观察所得写出来。

（三）印象主义的写作。文体的关键不是文句的构造而是选词择字。如果说“他打仗的时候像一只虎”，这叫作直喻法。如果说“他打仗时就是一只虎”，这叫作隐喻法。如果说“沙漠的炎热面孔使我们惊愕”或“山直直地站在我们的面前”，这叫作拟人法。写作的成败，就看你能不能刺激读者的感官，使读者有深刻的印象。你如果能把场面用戏剧的形式表现出来，就不一定要依赖印象主义的写法。可是在戏剧性的作品里，有时也需要解说言谈以外的动机。如果没有这种解说，读者对谈话者的性格有时会误解。隐藏在言行背后的动机也许比言行本身还重要。当人保持理智时，情感就被放置在一旁了。诉诸心智的材料多半枯燥沉闷，而诉诸感官的材料才生动有趣。在处理这种枯燥、沉闷的材料时，你也得设法诉诸读者的感官。他应当把解说和评论写得尽量印象化和图像化，使枯燥沉闷的材料生动有趣。

（四）敏锐的观察。福楼拜说：“作家所应做的事是对于每件事情加以充分的考察和思虑，要能在这些事情上发现一种特点，而这种特点是别人所没有看见过或说出来的。无论在什么事情里，都有些前人从未探查过的特性。我们有这样的坏习惯：我们所看到的都是我们记忆中所有的。美妙的散文不仅是文字要有吸引力，而且这种文字更要能给读者以深刻连续的印象。”关于福楼拜这段有名的言论，有几点需要加以说明：第一，你必须小心地选择那些印象的细目，而且你所用来描写的文字必须能表现你所要的印象。第二，在寻求事物的特征时，你不仅要用眼睛看，同时也要运用其他的感官。因为所有的特征也许是一种气味或声音，也许是要和身体接触后才能感觉到的。感官的知觉有五种：味觉、触觉、嗅觉、听觉、视觉。而视觉所得的印象又有四种：形式、位置、颜色、动作。行动者给人的印象有七种：面部表情、姿态、蔑视、手势、音调、笑声、步态。

不可传达的因素（作家的人格）

文体中不可传达的因素就是作者个人在其作品中所留下

来的印痕。因此，文体乃成为作者人格之神秘的表现。作者的人格渗透在他的观念和文辞中，使其文辞和思想有其显著的个性。风格确实可以代表作者的人格。文学中的风格是从精神和灵魂散发出来的。作者对于所知道、所看见、所感觉到的事情要忠实，对于名家巨匠的作品要用心揣摩，这样自然可以逐渐形成自己的风格。作者所获得的风格也许没有他所钦佩的那样好，但是这种风格是专属于他自己的。假如他只一意地去模仿别人的文体，那只是一种文学上的矫饰，是不会有多大价值的。

文辞的美不足以概括文章的风格，完全以咬文嚼字为价值的小说是不会流传久远的。最广义的“风格”是不能自主的，它和心跳血流一样，是小说家自身所不能控制的。这是一种心境，一种下意识的表现，小说家没有直接管理的能力。而且风格不能转让，不能向别人借用，你只能自己创造自己的风格。你的风格应该是你脑中的意象。文体才是由练习得来的技术，因为文体是对语言文字的选择和支配。当今有一种错误的流行观念，认为风格是一种光泽的外表，小说家只有把他的作品完成后，才能把这光鲜的外衣套上。这是一种荒谬可笑的观念。这种观念之所以存在，是因为误认为风格等于文字的美所致。风格存在于文章中，它和文章的题材联结得难解难分，它是文章中的一部分。事物给作者以生动的印象，作者再把这种印象传达到人物、情节、谈话、布景等上面。同一事情虽有不同的表现手法，但文辞的巧妙只是形成风格的许多原因之一。

风格分析

风格中有两种因素：1. 作家的因素。如作家的性格、意见、生活等。2. 文体的因素。如语言的成分和性质；句和段的构造；文辞的性质，如简洁，谈话有感染力、有谐音、有风味等。

学者分析狄更斯的文体，总结出如下特征：1. 多讽刺、夸大、奇特之词。2. 富于幽默性。3. 把特性具体形象化。4. 观察精细，描写生动。5. 有感伤主义的成分。6. 文体愉快、活泼、友善。7. 热心，真诚，有大丈夫气概。8. 有博爱、同情、人道主义。9. 戏剧化的力量很强。10. 过于造作。11. 有点冗长。

Part 11

短篇小说写作法

短篇小说的定义

研究小说的学者们曾给短篇小说下过许多定义，现一一列举，以供比较研究。

（一）短篇小说是一篇简短新颖的故事，里面不记载赘余的事件，故事的排列和布置都很巧妙，而且能产生一个单一的预定的效果。

（二）短篇小说是这样一种故事：在一个单一的戏剧性的事件或情势上，用持续紧张的叙述法，产生一种单一的情绪上的印象。

（三）短篇小说是用艺术的方法来表现人物的故事，而故事中的人物都为一个确定的结果而纷扰、挣扎和奋斗。

（四）欧·亨利对短篇小说的定义如下：有单一的印象；

情节有适当的意义；含显明有力的事件；含优势有力的人物；有错杂纷扰直至结局。

短篇小说的特征

短篇小说有以下共同特征：1. 短篇小说是一篇散文化的故事。2. 它必须提供一个单一的印象和效果。3. 它主要叙述一个事件或情势。4. 承认戏剧因素的重要性。

短篇小说的集中性：1. 单一的叙事效果。2. 最大的经济手段（人物和事件的数目达最少的限度，时间和空间的范围达最小的限度）。

和长篇小说的比较：1. 较长篇小说更为艺术。2. 偏向于浪漫主义的性质。3. 特别注重优美的文体。

还有人把短篇小说的特性总括为三：1. 紧张的情绪。

2. 完整的印象。3. 简洁的词句。

短篇小说和长篇小说的比较

短篇小说之所以大为流行，其原因有两个：1. 越来越快的生活节奏使读者对于长大的作品没有耐心去阅读。这些长篇大作只有在闲暇的时候才能够慢慢欣赏。2. 近代杂志的发展和流行，也促进了短篇小说的普及，因为杂志里需要像短篇小说那样精炼的作品。

（一）片段的生活。短篇小说不能代替长篇小说，因为它不能够表现生活的多面性和复杂性，也不能讲述人物性格的演变。我们必须和书中人在一块共同生活一个相当长的时期，在各种不同的关系上和环境中观察他们，然后我们才能够真正认识他们。我们在短篇小说里和书中人所接触的时间太短，只在少数的几个关系上和环境中观察他们，所以我们不能够充分了解他们。短篇小说只能处理片段的生活，并不能处理社会上伟大潮流的进展。短篇故事中所叙的事情也许只是一个面孔的素描，一段悲剧的事件，一个可怕的梦，也许只是一页音调铿锵的美文。短篇小说家常常自己说出故事的前提，叫读者把许多事情认作当然。他所告诉我们的只是生活的横断面，在这断面生活的前后，还有无穷的其他事件，但短篇小说家都将之略去不提。

（二）单一性。短篇小说的含义不仅是一篇简短的小说。短篇小说和长篇小说的区别主要在印象的统一。用更加精确的话来说，短篇小说有长篇小说所不能有的单一性。一个短篇小说所处理的是单一的人物，单一的事件，单一的情绪，或者虽有一连串的情绪，却是由一个单一的形势所造成的。这种情形与其说是短篇小说所要求的，倒不如说是短篇小说发展的趋势。短篇小说的情节应该非常紧凑，不可有赘余的部分，也不可减去任何有用的一部分。一个事件若有两种方法可以说出来，就选择更简短的一种。

（三）和谐性。短篇小说必须在动机、目的、行为、印象各方面都和谐。在长篇小说里，可能有许多不同的因素交织在一块。要想在其中发现一个中心的组织原理也许是不容易的。我们如果将长篇小说加以分析，通常总可以发现两个以上的趣味中枢。短篇小说则很难容许这样分散注意力。在短篇小说里胚胎的思想必须十分清楚，从这里所引起的兴趣不可杂以其他的思考和意见，致使事态复杂化。目的要单一，效果也要单一，凡赘余的东西都要省略。必须保持远近配景的透视。语气的加重要有适当的分配。在短篇小说里如有了技术上的缺点，比在长篇小说里更为明显易见。

因为短篇小说要简短和谐，所以小说家在描写生活和人物性格的时候，可以有选择性地略去那些不必要的细节。长篇小说作家因为要对人物做完整的描写，所以就是要把每个细节都包括进去。从和谐的观点看，理想的短篇小说要求最短的时间过程和最少的游离描写。在主要的场面外尚需说明别的场面时，就在当场附带地提到次要的事件就够了。保持短篇小说的和谐一致性是写作上最困难的一件事。要想掌握这种技巧，只有加以不断地练习和忍耐。初学写小说的人常常对自己的作品不甚满意。作者虽知道小说应该怎样写，但就是没有技巧来写成自己理想的样子。许多小说作者之所以不能够成名，都是因为没有能力去支配所要发表的思想。一切艺术的技巧都要痛下苦功才能获得。

（四）想象力。写短篇小说需要高级的感官想象。要有看清对象的力量，要有看穿主要性质的力量，要有选择代表特性的力量。长篇小说作家如果不能将他书中人物的态度、姿势、相貌等显示给读者看一次，他在小说写完以前还有许多机会可以向读者说明，但短篇作家只有一次机会，假如他在这一次不能把人物的特性显示给读者看，以后就没有机会了。所以短篇小说的描写一定要观察细致，词语要精炼，观点要一针见血。短篇小说并不需要想象上和技术上的持续力，它好比是短距离的赛跑。它也不要求作者有冷静的头脑和宽容的意见。许多天才的短篇作家，如爱伦·坡，莫泊桑、霍夫曼等，他们的作品有时甚至被认为是病态的、不健全的。反之，像司各特、萨克雷等人的作品，则非常冷静、健全、平衡、自然。短篇作家并不需要在他的作品里表现出什么广义的人生哲学。

短篇小说的写作技巧

（一）斯蒂芬·茨威格创作小说的三种方法：1. 他可以先有了一个固定的情节，然后找人物来填进去。2. 他或许在想象中先有了要描写的人物，然后他选择一些事件或情势将人物加以渲染。3. 他心中还可以先有一种形势或环境，然后用行为和人物来实现。

（二）爱伦·坡创作小说的五大条规：1. 好的短篇小说必须对读者产生完整统一的效果和印象。2. 凡不能促进结论和预期效果的举动都不要叙述。3．短篇小说里事件排列的次序只有一种是绝对合理的。4．短篇小说应当和长篇小说一样，要将人生的材料加以组织，以产生新颖的效果。5．短篇小说应该十分简短，使读者能在一两小时内读完。

（三）初学者应采取的步骤。初学写小说的人最好是先练习写短篇小说。短篇小说能使初学者损失最少的时间，得到最宝贵的经验。你如果觉得写得不满意，可以将原稿毁去，重新再写。你可以利用杂志来向大众展示你的作品，不必一开始就写不朽的巨著。初学写短篇小说的人应当采用下述的五种步骤：

第一，先将所能想到的关于主题的一切意思都写在一张纸上，不必考虑词句和次序。

第二，选取几个可以代表书中重要阶段的题目，做成一个大纲。

第三，将这些主要的题目依时间、地点或重要性的次序，加以整理，适当地排列起来。

第四，将大章节题目写得笼统一点，在大章节题目下面把小题目写出来。这些小题目也要排得井然有序。

第五，将大纲定妥修正以后，即进行实际的写作。这是比较令人兴奋的工作，但必须保持细心。

（四）人物描写。短篇小说在任何部分都要有强烈的热情，在短篇小说中不可空谈哲理。作家必须固守几个行动的线索，而且要把这几个行动的线索梳理合成为一个效果。他只能利用少数几个人物，其中只有一个是主要的。爱伦·坡说："异常的和言过其实的特性会产生更有力的效果。"因此，爱伦·坡所创造出来的人物多半是偏执狂，不是精神错乱就是有忧愁病。关于人物描写一层，近代的短篇小说却是趋向于浪漫主义而不趋向于写实主义，短篇小说里的人物多半有点反常。从艺术的观点看，描写人物时最好不要选择太异常或太极端的特性。

"无所不知"的小说家也可以利用分析的手段来暴露人物的心理状态。但心理的分析和心理的叙述不同。心理的分析可使故事的进行较为迟缓。在一篇动作很快的故事里，如果情节的行进需要迟缓时，则可以用心理分析法。不过心理分析法不可使用过多，使用过多则减少戏剧的力量。用心理分析法时，假如这些事件不能用其他方法写出来，只能用心理分析法，那么此法一定是要能够促进或解释某些事件。

在以描写人物为主的故事中，情节和布景只不过是人物描写的背景。这种小说多半是最难写的，因为全面的人物描写只有在长篇的作品里才能够充分完成。短篇小说里的人物必须很独特，很新颖。只要作家能够耐心且审慎地将书中人的特性表现出来，一个平凡的人也可以显得很可爱。这和现实生活里的情形是一样的。虽是平凡的人，只要我们常和他接近，我们总会发现他们的可爱之处。在短篇小说里，次要的人物愈少愈好。除非是需要一个次要的人物来帮助情节的发展，不然最好不要把多余的人物插进去。

（五）情节。短篇小说并不仅仅描写人物以显其效果。假如小说的情节是有趣的、滑稽的、新奇的、耸人听闻的，则书中人物虽属平凡，而小说仍不失为优美的艺术。有许多小说的趣味完全在情节上，而人物姓名只不过是一些标签而已。甚至有些小说里的中心人物连姓名都没有。有些故事专门着重在紧张的场面，这时连人物的特性都要被忽视了。从情节的观点来看短篇小说，我们可以把短篇小说分成许多类型。爱伦·坡的小说不但优秀，而且种类也多。有一种是耸人听闻的，可以叫作神秘的情节。有一种是结构巧妙的，可以叫作惊人的情节。还有一种是灌输旨趣的，可以叫作道德情节。

在短篇小说里没有篇幅可以容纳次要情节，次要的情节只能放在长篇小说里。短篇小说的情节必须很单一，其内容也必须十分简单。假如情节非常纷乱错杂，则短短的篇章是不能说尽的。短篇小说里最好有很多谈话，很多动作。其情节虽可虚构，但故事不可没有真实性。作家最好是利用想象，把实际的事件编成动人的故事情节的计划一旦完成，立刻就开始写作。删去冗长赘余的材料，不要胡乱填塞，也不要插身在读者和故事之间。要一开始就刺激读者的兴趣，使读者拍案惊奇。

（六）布景。高级的短篇小说虽是同时利用人物、情节、布景三种印象，但如果能把故事的环境和背景用动人的笔触描写出来，小说的艺术价值将于无形中得到提高。视觉占感官的第一位，大多数的作家都尽量设法刺激读者的视觉感受。自然，要想用技巧表现出关键点来，首先要敏锐且热心地观察。对于颜色、质地、形状、大小等都要留心细看。对于花、鸟、树木、野果、昆虫等的名称要尽量学习。不仅只满足于目之所及，还要充分利用其他的感官。对于鸟的不同的歌声，花的不同的香味，物质的冷热、轻重、平滑和粗糙等都要分辨清楚，再寻求适当的字词来形容。艺术品越是极小，则笔法越要细腻。凡不够细腻之处就是称不上艺术，作者对细微之处必须十分留意。

（七）观点和高潮。在短篇小说里如果常常转换叙事的观点，那无异于自毁了小说的趣味性。在短篇小说里不但不适合转换叙事的观点，就是转换布景、转换人物描写都是不妥的。故事的最后一行，也就是所描写的人生戏剧的落幕处。高潮既经透露，就赶快闭幕。故事既已完结，就要干脆地停止。写小说能知道何时已经写完了故事，能知道在何处收笔，这也是小说写作上的一大技巧。

Part 12

小说家

作品背后的人

（一）作家及其作品。艺术的作品越精美，则艺术因素与作者人格的融合也越紧密不可分割。艺术是通过气质而表现出来的一种天性。要想仔细地研究一部作品，则必先须对这部作品背后的作家有充分的认识。作家的思想，作家的人生观，作家的艺术目的，作家的政治意见，作家的实用学说，作家的道德，作家的情绪，等等，无疑都会渗透在他的作品里面。至于作家的生活经验如何，作家一生的事业值得称颂的有多少，作家的好恶是哪些，作家的朋友属于哪一类，这些事也都无疑会给其作品带来莫大的影响。

（二）天才和技术。有人认为现代的小说家已经没有再讲求技术的必要了。他们认为只要作家们尽力地写出他们内在的生活来，优美的作品自然就产生了。有些小说家非常重视自传体的小说，他们说自传是一种最正规的文学形式。这种文学形式的魔力就在于作者能把自身曲折的思想和盘托出。从前有人说过："无论何人，至少也能写出一部小说来。"但现在又有人把这话改成这样的说法："无论什么人，最多只能写出一部小说来，那就是他的自传。"这种新主观小说和普通的自传也有点不同。在新主观小说里，外部的事件并不重要，重要的只是作者的感觉和观念。但如果作家在思想、经验、道德、情绪和创造的活力上有了缺陷，那么必定会在他的作品上反映出来。若把技巧和天才相比较，技巧实在是一件渺小的事。有些在写作上有重大作用的因素，像写作的兴致和动机，对于人类的同情心、观察力、想象力、创造力等，都不是后天所能学来的。这是作家天生的才能，也是作家人格的真正尺度。使书中人物栩栩如生，使故事生动有趣，这完全是作家的功绩，作家的人格也暗藏在他的文体和风格之中。

（三）作家所受的限制。历史上有一些很有才华的小说家，创作的小说因不符合当时的时代潮流而籍籍无名。这些能不顾时代的潮流，专凭自己的意志来选择题材和形式的人，具有非常人的智慧和魄力。一个法国小说家，生在18世纪科学狂热正盛的时候，他所写的小说绝不能和14世纪浪漫主义时代的人所写的相同。狄更斯说："伟大的作家不但能迎合时代，而且能利用时代，驾驭时代，为后来的人留下些有价值的东西。我们实在有理由要求我们的作家，去忠实地面对我们时代的中心问题。"

一个作家所演讲的对象只是他所隶属的那个社会；他所交谈的对象，只是和他利害关系一致的阶层。他一落笔就表明了自己的立场。他若不属于这一个阵营，就属于那一个阵营，他是很难保持中立的。

小说家的思想

（一）小说家的人生观。小说家所使用的小说材料不但来自他的经验，而且也来自他的思想。艺术家不仅是观察家，而且也是思想家。他自己是否自觉是另一个问题。他对于世间男男女女的了解，他对于世人的动机和热情的洞察，他对于各种问题和事实的处理，他那成熟的智慧对于作品所有的影响，这些事联合起来，使他对于世界有一种看法。这件事的重要性和意义是读者所不能忽视的。只有有思想的艺术家才真正伟大。当然，各种艺术家的思想并不相同。狄更斯和爱伦·坡，大仲马和巴尔扎克，他们都完全不一样。同在艺术的圈子里，可是作家的身心素养有许多种类，作家的禀赋也有很大差别。屠格涅夫在他的小说里解说政治上和哲学上的虚无主义；福楼拜在他的小说里论证悲观主义的哲学；爱伦·坡的中晚年作品里出现很多实验哲学的理论；司各特叫我们勇敢；简·奥斯汀叫我们刚毅；狄更斯叫我们仁慈；亨利·詹姆斯[①]告诉我们生活就是艺术，他说，想要生活过得有趣，需要用相当的技巧。这些

① 亨利·詹姆斯：19世纪美国继霍桑·麦尔维尔之后最伟大的小说家。代表作有《一个美国人》《一位女士的画像》《鸽翼》等。

作家们也许不能够察觉他们所传达给读者的印象，但是他们在有意或无意之中，总要显露点他们自己的生活态度。

小说本身早已被认为是作者自我分析的表现形式。伟大的小说总会抛出一个人生问题，对大众认为是理所当然的事进行反思，只有平凡的小说才把生活保持在死板的水平线上，这种水平线是普通人所习惯的。这种习惯的惰性使人们认为现实都是对的。不过我们要注意：小说家对于人生的看法固然在有意无意之中影响他的作品，但是小说家最开心的事并不是抽象的哲学问题，而是具体的生活上的事实。当他处理这些具体的事实时，他一定要专门去解释他们哲学的意义。

（二）小说家的政治立场。一般都认为：伟大小说的目的总是要改造社会，为民众发声。伟大小说家所要改革的当然也是政治。没有哪个小说家能够绝对的公平、中立、不偏不倚。任何人都有信仰，不然生存的目的就没有了。小说家所写的东西总要受他的信仰所限制。不过小说家所写出的是政治论文还是艺术作品，那就要看他的政治信仰和艺术概念融合到什么程度。至于究竟哪一种作品是比较客观的、游离的、独立的，哪一种作品是含有巧妙埋伏的、适合传播的，这实在不是容易答复的问题。

小说家的道德

（一）小说和道德。小说艺术，行为道德，二者究竟有无关系？如果这两者的范围接触起来会发生怎样的结果？当小说家坐下来写小说的时候，他应该有个特定的道德目的吗？小说家应不应该有道德的热情、有正义感、拥护真理、同情于弱者、热心于人类的进步，这些在小说里有没有地位？假设这些动机是值得赞许的，小说被这些道德目的所激发以后，会不会更伟大，更优美？就事实上说，有道德目的的作家，常比那些为艺术而艺术的人写得好一点，其原因就是有道德目的的人较为伟大，他在同情和伟大上有更充足的禀赋。因为小说是描写人类生活和人类性格的，和其他艺术比较起来，小说和人生最为接近。有充足的道德同情心的小说家，其作品当然更富有生气。

当然，从小说家本身来说，其艺术家属性是控制了改革家属性的。他写的是人生故事，并不是时事论文。在艺术里，尤其是在小说里，美的规律深入在人类生活的结构中。凡能表现人心深处强烈本能的艺术，往往就具有更完善持久的美。艺术来源于生活，为生活所滋养，同时也反映生活。既然如此，艺术就不能轻视它对生活的责任。因此，一个小说家的作品的真正伟大之处也就存在于该小说家的道德洞察力和哲学精神。

18世纪的小说家在他们小说的序言中就会说明写书的道德目的。读者大众不会注意作者所交代的写作目的是什么，他们只关注其在书中写出的是什么。歌德说："要创造，不要空谈。"不过，把直接的训诫主义和广泛的道德意义混为一谈，也是严重的错误。小说家所最关心的是生活中的具体事实。他处理这些具体事实时可以不必过问它们的道德意义。可是事实上真正伟大的小说家都是德育家，在他们的作品中总是有一种广泛的道德意味。

小说家用小说的形式把道德目的表现出来，同时又要顾及艺术的要求。这就要求小说家必须将自己的伦理观念编织在故事的结构中。小说家万不可自认为是传道者，小说的基本道德意味不应当以直接训诲的形式出现，而应在对于生活、思想、人性、行为等所偶发的评论中才可以暗含道德意味。当我们估量一篇小说的道德哲学时，我们总要审视这个作品的精神和气质所给予我们的整体印象。小说家不应该有意地训诫或强求地讲述伦理。

性道德对作品的影响不能凭相关内容的多少来衡量。如在歌德的小说里、莎士比亚的戏剧里，都有些描写淫荡人物的笔墨，但如果说这些就是他们作品的特质那就大错了。

（二）小说家和道德。艺术家也是民众中的一分子，他也冒道德上的风险。如果说艺术家的人格不受生活中道德的影响，那完全是把艺术家放到人的范围以外去了。不过艺术家的生活和他的艺术是两回事。小说家和诗人、画家一样，最好是人格健全的人。因为小说家道德上或精神上的缺点必定会对其作品产生恶劣的影响。

勤劳和努力也是一种道德因素。读者只看见成品，并没有看见作品在工厂里制造的情形，因此常容易看低了作家所具有的勤劳、努力的道德因素。一件经过诚实、耐心地做成功的作品，其本身就是一个道德结晶。歌德说：“没有艺术的人要有宗教。”一个人的艺术也许就是他的宗教。如果宗教的因素脱离了艺术家的天性，则艺术家的作品里必有一种缺陷。

道德因素进入艺术的多寡，要看艺术和人生、人性接触的多寡而定。所有的艺术都以生活为中心，但是他们并不是以同等的亲密程度来和生活接触的。像诗歌、小说等艺术，技术只是次要问题，对于人生和人性的解释才是作家最重要的工作。一个没有个性、没有是非之心的人，用什么工具来阐明人性和是非之心呢？他不能领悟的事情，他是无法说明白的。一个无价值、无道德观念的人绝成不了一个伟大的小说家。他也许能写很好的短篇小说、很好的探险故事和荒诞不经的传奇，但是他不能创作描写人性的作品。

小说家的情绪

作品中情绪的发生，是由于作者对于生活的经验和对于生活现象的反省。狄更斯常使我们苦笑，而特罗普只叫我们平心观看。小说作品的产生有时是由于作者对于某种事物的本能爱好或憎恶，所以有歌颂式的小说，也有讽刺式的小说。小说家的能力是有范围限制的。有些作家对于表现狂暴的热情也许很擅长，有些作家和莎翁一样，对各种情调都有精练的手腕，无论是快乐、哀愁、恐惧，都能巧妙地表现出来。

作品中表现出的各种情绪有很多强弱程度上的差别。幽默的内容可以由粗鄙的喜剧到微妙的讽刺。感愤有极强烈的，也有极微弱的。悲剧也有粗暴狂虐的和微微动情的。对于这些不同的情绪不可误用，不要把同情变成了滑稽或讽刺。有些事情，譬如纵欲无度，本质虽是可悲，但其中也有喜剧的成分。而且幽默常被用来当作改正行为恶习的良好工具。情绪不可退化为感伤主义，感伤主义是一种不健全的情绪。如果没有充分的价值和理由，不要激起读者的强烈情绪，所激起的情绪要能经得起长期公正冷静的判断。如果所引起的兴趣是粗俗、病态的，就会在思想上留下污点，因而使作品减色。

小说中主要的情绪有五种：愤怒、恐惧、希望、快乐、悲伤。要想引起读者的这五种情绪，我们必须知道普通人何以会产生这五种情绪。一般说来：被反对的时候容易发怒；预测到挫败的时候容易恐惧；预测到满足的时候就有希望；得到满足的时候就快乐；受了挫败的时候就感觉悲哀。

悲剧的因素：哀怜，恐惧，鬼怪，残废的躯体，死亡及其附属物，有黑暗、闪电、雷鸣、降雨以及其他的征兆等。

喜剧的因素：优越感，饱满的精神，不和谐的语言，对幽默的欣赏、嘲笑，反语和讽刺，人物和形式的滑稽，拍案相争的场面，自食其果的结局等。

小说家的成功

（一）创作的天才。有些作家的作品，虽没有什么了不得的价值，但是故事讲得很自然，很从容，很流利，在每一阶段都能把最大量的兴趣表达出来。还有些人，智力水准很高，但是写小说的能力却很低。当我们读大仲马的小说时，我们总觉得故事的行进非常从容有力。它像波浪一样，毫不费力地把我们一个阶段一个阶段地卷向前去。但是我们读爱伦·坡、巴尔扎克或托尔斯泰等人的作品时，就能感觉到他们写作时吃力的情形。受高等教育或研究古典文学都不能使人写出受人欢迎的小说。小说家必须思考、想象、观察。对于一般人的悲欢离合要有敏锐的直觉和同情心。这种同情心对于受过高等教育的人反而容易疏隔。简单的真理是：小说家必须自我教育，他的哲学和他的人生观都必须是他自己的，必须是他自己不倦思索的结果。

（二）写作的成功。写作成功的关键是对于小说发生兴趣和感到愉快。小说能否写得成功，就看作者献身于写作的热忱究竟怎样。优秀的作品要写得从容不迫、流利自然。疲劳勉强的现象都要减损作品的价值；愉快从容的心境是作者写作时最好的心境。写时费力的作品使人读时也费力。写作的目的不同，所采用的形式也要不同：1. 如为愉快而写作，则可以选择你所喜爱的任何形式。2. 如以自我修养和自我训练为目的，可以写短篇小说。3. 如为稿费而写作，最初也是写短篇小说为宜。到技巧练得纯熟、名誉确立以后，再写长篇小说。4. 如果以改革社会、影响人心为目的，那只有写长篇小说了。写作上的成功有两种：一种是经济上的成功，一种是文学上的成功。有的作者可以同时获得这两种成功。托马斯·哈代写的小说很有文学上的价值，同时销量也很大。但大多数的作家只能在一方面成功。整个事情的结论可以这样说：要看你对于你的作品抱有什么目的。假如你只为求销量，你就应迎合读者大众的心理。假如你是要将作品献给艺术，那么如果能够欣赏你的艺术的人很少，你也不要埋怨。同时，你要虚心学习，不怕艰难，尽心竭力地写作，不要抄袭别人。找专家来修改你的原稿，多跟图书编辑交流。

（三）小说的销路。要想小说有销路，则作品必须能满足社会上大众的需要。大众的喜好虽难捉摸，但有些基本的原则是很明显的。作者如能以平民的日常生活为题材，加入些勇敢、探险、荒诞的故事，一定可以名利双收。创作一种受人欢迎的小说有时需要一种珍稀宝贵的天分。小说的出版史告诉我们，有时一位十几岁的孩子倒能写出一本非常成功的惊心动魄的故事来。这十几岁的孩子绝没有许多现实生活的经验。反之，成年的作家很审慎地写了一部小说，使这故事充满了情节，充满了趣味和紧张的情绪，但是这书也不一定就畅销。有时作者和出版家对一部小说都没有把握，可当这小说发行到社会去，反倒能大量销售，使作者和出版家都吃惊不已。

小说中的进展如太缓慢则不容易使读者喜欢。书中描绘的图像要闪过得快，趣味的阶段要飞驰急走。要有惊人的事件、动心的情势、强烈的热情和憎恨。读者一方面固然喜欢辽远的场面、非常的事件、高贵的人物、神秘的氛围，可是一方面也喜欢反映现实的作品。小说中如能二者兼顾，那就有希望了。普通的读者并不注意作品的创始性，也不注意作品的风格和文体。主旨平凡、情况陈述一般都无关系，不过要想作品流传久远，就得注意风格和创始性了。如果把风格和创始性加在惊人、新颖等因素上，则很可以增加作品的久远性。有强烈的情感，有简洁无饰的文体，有惊心动魄的创始性的故事，这种小说一定能流传久远。

（四）小说的商业性。出版一本没有名气的作者的小说是很冒风险的。不过因为没有名气的作者的版税很低，出版家还是喜欢去发现新进有为的作者。出版社是看到了作者的前途希望，所以才冒险出版他的处女作。许多呈送到出版社那里去的处女作都有一种长度不够的倾向。小说的最低长度总在十万字左右。内容过长的小说，出版社倒愿意接受，虽然增加了出版的成本；而过短的小说，出版社多半不乐意接受。因为出版家知道过短的小说不容易销售。销售商接到一本新书，首先看看作者的名字，再看是哪家出版社，还有书名和装帧，同时他也会注意书的开本大小、全书的厚薄和版式。假如书太薄，他不会欢迎，此时书中实际的内容反而影响很小。因为读者如果看见一部书太薄，不够满足他一定时间内的消遣，他是不愿意买的。

出版者和作者一样，都希望出版一部好小说。作者不必降低写作的标准以迎合读者的心理。为销售作品而写一本和性情不相投的作品更为无聊。有时今天的销路好也许明天的销路就不好了。反之亦然，想预测销售的成败是很难的，最好让你的作品以本身的价值在市场上浮沉，凡需要用外来力量支持的作品总是很脆弱的。只要你胸中有些值得叙述的事情，你不妨就写下去。只要你尽心竭力地用自己的能力去写就足够了。不过原稿要写得整洁，且要合乎格式。

现代小说家的版权权利是很多的。如版权、转载权、翻译权、改编剧本权、摄制影片权、广播词权、各种图像权等，不胜枚举。真正出名的小说家只忧愁要付所得税，并不忧愁没有收入。会写小说而同时又会编剧的人是很少的，因此，改编剧本一事最好是委托对编剧有经验的人，或由编剧者和小说家合编。转载权也是很有价值的，一般误认为小说如经转载将要减少销路，却不知事实上恰好和此相反，这大概是因为转载有广告效力的缘故。

Part 13

小说读者和出版人

小说读者的心理

E.T.A.霍夫曼[①]曾经指出，我们研究小说时，多半忽略了一件事，那就是研究小说的读者。他说："小说作者、小说的材料和小说读者，是我们研究小说时三个同等重要的对象。"

世上很多男男女女，其中喜欢读小说的人很多，我们若将他们加以分析和调查，就可以发现他们读小说的动机实在是多方面的。有的人要在小说中求乐趣；有的人要在小说中获取知识和经验；有的人想从小说中学习观察和批评，以扩大自己的眼界；还有些人，专好读名家的作品，用作以后的谈资。

① E.T.A.霍夫曼：19世纪德国杰出的小说家，其作品风格怪异，大多作品描写艺术家的遭遇。代表作为《小查克斯》《跳蚤师傅》《堂兄弟的屋隅之窗》。

福楼拜曾经告诉过莫泊桑："那些小说读者们，有的要我们安慰他，有的要我们同情他，有的要我们惹他笑，有的要我们引导他哭，有的要我们使他喜悦，有的要我们使他沉思幻想，有的要我们使他战栗……"

在这各种动机中有一种最基本的心理，那就是读者想要享受现实生活中所享受不到的幻想。这种心理有时潜伏在读者的下意识中，读者自己并不知道。因为现代的社会已经日趋分工化和专业化，各人的生活经验都是很狭隘的，这些为现代文明所拘囿的人们，几乎都没有时间或机会去体验世间各种各样的生活趣味和情调，所以苦闷和烦腻的心境是免不了的。因此，如果他们想要逃避这种单调而枯燥的现实生活，获得精神和情绪上的满足，他们就不得不向那范围广泛而趣味各异的小说里去寻找安慰。这可以说是现代一般小说读者最基本的动机。读者的兴趣虽说是异常分化（由喜爱极文雅的作品到喜爱极粗鄙的作品），但他们也有共同的要求：那就是想看一幅人生的图画和听一个动人的故事。

威廉·福克纳[1]说，有四件事情，是一般读者所共同爱好的：

（一）惊人的事件。这种事件的范围很广，凡能刺激读者兴奋的事情都属于这一类。小到微妙的心理上的感觉，大到惊心动魄的戏剧性的事件。

（二）情感丰富的作品。极柔和的情感到极强烈的情感都在此范围之内。有的读者喜欢火一般的热情，有的读者不过只要求点柔情美感而已。

（三）诙谐的成分。爱好滑稽可以说是人类的天性。无论是喜欢粗俗，还是谐谑的，或喜欢轻快的幽默也好，都是源于同一心理。

（四）男女关系。男女间的关系最能引起人的兴趣。美国的电影几乎都以男女情感来吸引观众。都市爱情小说之所以能拥有广大的读者群，也不是没有理由的。

大凡成名的小说家，在社会上都拥有固定的读者群。这

---

① 威廉·福克纳：意识流文学在美国的代表人物，1949年诺贝尔文学奖得主。代表作品《喧哗与骚动》。

群读者慢慢地变成一种特殊的容受力，反过来要求小说家写某种类型的作品。这群读者所要求的读物，有时并不是作者的得意之作，而是他们自认为是为“糊口之计”的作品。小说家对于这种“糊口之作”虽没有非常大的兴趣，但也不得不勉强写作，不然就有丧失了经济来源的风险。小说家为了营生，不得不降低自己的艺术标准，来迎合读者的心理。同时，小说家为满足自己的艺术欲望，有时自己另外写点自己所爱好的作品，专供少数有艺术鉴赏力的人去阅读。

读者对于小说的兴趣是因人而异的，对于同一刺激，不同人有不同的反应。同是一本小说，有的读者会觉得它是充满了如火的热情和刺激的言辞，但另外一个读者也许会认为它的内容是冷淡、阴沉、毫无生气的。即使是同一读者，他现在读某书所得的感觉，和他十年后再读同一书所得的感觉，也不尽相同。在富于想象的艺术中，读者所起的作用不仅是消极的，同时也是积极的。这种由作者和读者的相互行为所造成的功效和形势，是非常复杂的。它们和个人的性格一样，千差万别，很难严格地分类。

从理论上来说，文学只应该让有艺术素养的人来评判。因为艺术的训练不但包括了研究小说的原理和规律，而且也能使人的评判力来得精细而清晰。只有受过艺术训练的人才能够决定作品的性质，才能够解释作品的内容，才能够冷静地、耐心地根据艺术的观点来批评。

普通小说的身价，都是由一般读者大众来论定的。这些大众读者们对于各种小说都握有最后的评判权。不过这种大众论断的形成是非常缓慢的，常需经过数十年或数百年的时间，而且最后的论断常和最初流行的舆论不一致。

读者爱好的小说

若对每年所出版的小说加以分析，可以看出世人对于爱情的兴趣最大，爱情小说实占最多的数目。其实爱情小说并不如我们想象的那样容易写。这种小说很明确地分为两种：第一种是偏于情绪的，第二种是偏于写实的。从商业的观点来看，第一种当然更通俗，更受欢迎。写实主义的爱情小说是更能代表生活的，可是不能如前者盛行于社会。由作品的成败上，我们可以看出来，读者大众所要求的并不是表现现实生活的小说，而是用更鲜明的色彩和更人工的情调来描写生活的小说。

探险小说的销路非常好，这种小说有刚毅的风味。从这里也可以看出来，普通人都是想暂时逃避日常单调的生活。郊野探险小说和海洋探险小说也属于这一类，它们都供不应求。凡能写出这类小说就不怕卖不出去。以技术的观点看，探险小说并不难写。不过成功的探险小说多半由作者的实际经验蜕变而来，虽然想象力也是重要的条件。因为有实地经验的探险家不但能写出栩栩如生的动人故事，而且也能使人信服。

侦探小说和探险小说很近似。读这种小说的人都是喜欢急速、有趣、充满了刺激和实际行动的故事。侦探小说（神秘小说也包括在内）的主要成分是“延搁”。一个良好的情节布局是重要的，文章倒不一定要写得好。侦探小说比普通的探险小说要难写得多了。它有两个必要的条件：

第一，情节要有巧妙的结构，能使读者的兴趣维持到最后。

第二，能有一个出众的人物，以把握住读者的想象。能满足这两种条件的作者是极少的。编辑告诉你，想得到一篇真正好的侦探小说是很难的。普通作者写侦探小说失败，就是因为不能同时满足这两种要求。

滑稽小说在社会上也是供不应求。所谓滑稽并没有确定的定义。同是一件事，有的人觉得滑稽，有的人也许觉得不滑稽。滑稽小说的作家总要写出一种事情来，使得大多数的读者觉得滑稽。这件工作很不容易。在各种小说写作的才能中，写滑稽小说的才能实在是最宝贵的了。在这方面也没有成功的捷径。作者写滑稽小说而不能成功，最好不要勉强继续去写了。

心理小说现在已经不大受人欢迎了。心理小说的成功多半依赖人物描写，这只有在技巧纯熟的小说家手里才有希望。如果只有心理的研究而没有有趣的故事，作品就容易使人厌倦。有天赋的小说家才能把二者结合起来。

问题小说在19世纪很盛行，但现在也不受人欢迎了。纯粹有宣传作用的问题小说很难成功。如果故事的本身有一读的价值，而故事中暗含着某种人生问题，那会更容易受人欢迎。你如若能善于利用社会上大众关注度高的问题来写小说，那当然很有希望。

畅销书的特质

通常，畅销书有以下特质：

（一）畅销书的第一个特质是真实。书中故事宜使人信服。

（二）书中必须含有一个有趣的故事。那就是说，小说要有巧妙的情节、充足的行动、经久的趣味。故事太离奇，读者不容易相信；故事太平淡，读者又失去了兴趣。作者在这两方面要设法兼顾。

（三）渗透在全书里面的主旨、道德观念等，其价值总要比普通小说里的大一点。因为这也是一个吸引读者的因素。

（四）书的厚薄也是畅销的一个因素。畅销书总要比普通的书厚一点。并不是读者觉得书厚、价钱贵，就一定以为是价值高，大概是因为内容丰富，结构严谨才受读者欢迎。

（五）书的畅销与否，和出版的时机很有关系。小说出版正合时宜，当然比较有销路。

（六）书名的好坏很能影响书的销售量，因为书名对读者很有吸引力。

（七）书籍的装帧样式也不可忽视。有的书适合朴素的装潢，有的书则需要鲜艳时尚的装潢。

（八）文体优美是否为畅销书特质之一是很值得辩论的问题。按理来说，优美的文体应该能促进书籍的流传，但事实上有许多畅销书的文体都不是很优美的。

编后记

原书作者为民国时人物方达文，最初由民国仁山书社于1912年出版发行。本书即以该版本为底本，在不改变原作风貌的基础上，根据时代特征进行加工精修（编订人为陈红伟）。主要对作者名、作品名、小说中涉及的专业名词进行了修改，并对书中提到的小说家及相关作品补加了注释，如：

“富兰贝尔”改为“福楼拜”

“赛克莱”改为“萨克雷”

“施加德”改为“司科特”

“萧俄”改为“雨果”

“《克林威尔》”改为“《克伦威尔》”

“刘易士”改为“辛克莱·刘易斯”

“伊尔文的《见闻罗记》”改为“华盛顿·欧文的《见闻札记》”

“冒险小说”改为“探险小说”

“恶汉小说”改为“侠盗小说”

方达文，民国时期翻译家、社会活动家，曾留学西方研究西方小说文学，回国后从事翻译工作，著有《美苏战争的推测》《英文困学记》等。

我们经过多方查找，终未查找到有关方达文或其亲属的信息，现委托中国文字著作权协会（http://www.prccopyright.org.cn/）代为联系其亲属，并办理日后的稿酬转付事宜。

本书上市后我们仍将不遗余力查找方达文或其亲属的消息，如有知悉相关情况者，敬请与我们联系，以便我们致谢并寄送样书。

本书编订者

二〇一九年三月